图书在版编目（CIP）数据

丝绸与绿茶之乡见闻／（英）麦都思著；王海，乔
. —北京：中央编译出版社，2024.3
ISBN 978-7-5117-4481-4

Ⅰ. ①丝… Ⅱ. ①麦… ②王… ③乔… Ⅲ. ①游
—作品集–英国–近代 Ⅳ. ①I561.64

中国国家版本馆 CIP 数据核字（2023）第 153880 号

丝绸与绿茶之乡见闻

责任编辑	郑永杰	
责任印制	李　颖	
出版发行	中央编译出版社	
网　　址	www. cctpcm. com	
地　　址	北京市海淀区北四环西路 69 号（100080）	
电　　话	(010) 55627391（总编室）　(010) 55627312（编辑室） (010) 55627320（发行部）　(010) 55627377（新技术部	
经　　销	全国新华书店	
印　　刷	北京文昌阁彩色印刷有限责任公司	
开　　本	880 毫米 × 1230 毫米　1/32	
字　　数	122 千字	
印　　张	8.25	
版　　次	2024 年 3 月第 1 版	
印　　次	2024 年 3 月第 1 次印刷	
定　　价	68.00 元	

新浪微博：@中央编译出版社　微　信：中央编译出版社(ID: cctphome
淘宝店铺：中央编译出版社直销店(http://shop108367160. taobao. com)
　　　　　(010)55627331

在华汉学家游记译丛

　　在华汉学家游记译丛（《丝绸与绿茶之乡见闻》《伯驾广州行医记》《郭实猎旅行记》）由广东外语外贸大学新闻与传播学院资助出版。

　　该译丛为广东外语外贸大学基地重大项目"在华英文报刊汉学习得文献翻译与研究"（19JDZD04）成果。

出版说明

　　在华汉学家游记译丛:《伯驾广州行医记》(*The Quarterly Reports of the Ophthalmic Hospital at Canton*), 作者［美］伯驾 (Peter Parker, 1804—1888);《郭实猎旅行记》(*Journal of Three Voyages along the Coast of China, in 1831, 1832, and 1833, with Notices of Siam, Corea, and the Loo-Choo Islands*), 作者［德］郭实猎 (Karl Freidrich August Gutzlaff, 1803—1851);《丝绸与绿茶之乡见闻》(*A Glance at the Interior of China Obtained during a Journey through the Silk and Green Tea Districts*), 作者［英］麦都思 (Walter Henry Medhurst, 1796—1857), 作者均为 19 世纪来华传教士汉学家。译者在将其文本翻译成中文的过程中, 发现某些史料引用有误, 个别观点欠妥。为尊重原书原貌, 均仍其旧, 尚希明鉴。

中央编译出版社编辑部
2023 年 7 月

目　录

麦都思江南丝绸与绿茶之乡旅行表

　　1845 年 3 月 27 日，定居上海的英国公理会传教士麦都思（Walter Henry Medhurst）从吴淞口出发深入中国内地旅行，沿途经过江南地区丝绸与绿茶之乡的湖州、广德州、宁国县城、绩溪城、徽州城、屯溪镇、婺源等城镇与村庄，以及河流、湖泊、山脉、丘陵（如表 1 所示），并对各地进行经济文化和风土人情的综合考察。麦都思一行于 5 月 14 日上午 9 点左右返回上海苏州桥。

表 1　麦都思江南丝绸与绿茶之乡旅行表

日期（出发/抵达）	旅行方式/途经地方	考察内容
1845.03.27	船/吴淞—上海/登陆，换小船连夜行驶。	暴风雨中漆黑的上海。
1845.03.28	到达新闸—洋泾浜入口到红桥。	等待潮水，污浊杂乱的河道。

(续表)

日期（出发/抵达）	旅行方式/途经地方	考察内容
1845.03.29	划船三四英里到达七宝镇，经过主运河后，沿较窄的航道到达比干山，看试剑石，望青浦的塔，到青浦（建于明朝，约250年前。——译注）。	七宝、青浦古镇及比干山的市镇面貌、商业、寺庙遗址。
1845.03.30	沿运河漕巷（应为"港"。——译注）到朱家阁（应为"朱家角"，现为上海朱家角古镇景区。建于明朝，此地有1万到2万居民，沿泖湖而居。——译注）。	七孔桥、阁楼，薛澱湖、连湖（现大莲湖。——译注）、水下由卷故城传说、潮音阁、生塔村、三百浪湖，夜泊水手小屋对面，观察水手的家庭。
1845.03.31	经过两三个湖泊，到平望镇，后沿大运河的东西流向支流到达太湖、洞庭山（今俗称东山。——译注），下午到梅堰村，震泽镇，在此泊船过夜。日行80里/24英里。	码头、商业、驻军、庙宇、农作物、乡村景观，鱼鹰船，洞庭山及周边景观，运河航运，梅堰村有驻军。慈云禅寺（原文用"司"，有误。——译注），震泽镇上的巡检司与驻军。

(续表)

日期（出发/抵达）	旅行方式/途经地方	考察内容
1845.04.01	黎明出发，15 里或 20 里/约 5 英里，走出江苏省界进入浙江，经过（可能通往湖州杭州的）运河支流前往南浔，见到升山、蜀山、昆山、孺山、大/小雷山及其他山丘，到达湖州。	南浔的桥、桑树苗河运、河边的木料场、市镇的商业、住宿、古城墙遗迹，河岸的桑树，运河航行中所见，山地景观，捞河泥作业、城外泊着装粮的舢板、繁忙的装卸场面、城墙、把（疑为"拔"。——译注）牙桥，介绍湖州的地理位置、历史变迁，桑树品种，接桑方法，移桑、剪桑，切芽方法，蚕性一般说明，关于浴种与生蚁、下蚁、饲蚕，起底，上蔟，原蚕（夏蚕。——译注），缫丝12则，镇江府丹徒所授丝绸产业4则，丝绸产业又12则，描述所用工具：车床、车轴、牌坊、丝称、牡娘镫、做丝手、踏脚板、火盆、丝灶烟囱、丝篰、托绵及坠梗、切桑磴、叶筛、蚕筐、桑蚕网、大蚕植、小蚕植、担蚕毛、蚕箸、饲蚕凳、地蚕凳、山棚芦草帚、茧蓝、桑剪、桑梯、桑钩、叶笭、桑锯、接桑刀、刮桑杷、喷筒。湖州的更多说明：城的历史、位置、形状、飞英塔、育婴堂、护老所及其他慈善机构、祭坛、爱山台、学校、弁山、黄龙洞、天目山、太湖介绍、月湖、四安溪，湖州税收。

(续表)

日期（出发/抵达）	旅行方式/途经地方	考察内容
1845.04.02	离开湖州行船向西，8英里到两溪会合处，向东北行船8英里到安吉，下午4点向西行，到四安。	离开湖州后晨光中两岸美景，入四安前溪上所见桥的描述，两岸及溪上所见，四安的寺庙、牌坊、社戏、糟糕的住宿、餐食、找苦力担行李。
1845.04.03	徒步旅行，到达广德州城外。	途中景象，行路规则，独轮车优缺点，沿途的茶馆、饭馆、农作物及其耕作方式，介绍广德州的牌坊，昏暗阴沉的住宿。
1845.04.04	晨雨。	住宿处见一聋哑病女孩的长途运送，面条制作。
1845.04.05	进入广德州城；离开广德州约10里，标志石：指明前往徽州、严州的方向；前往严州，途中在距广德州约45里的土桥/阳（现有杨滩。——译注）滩铺村过夜。	入城时的新河桥、城内看城墙、城区描述、历史变迁、横山、石佛山、玉溪，城内守军名实不符、税收、破败的塔、新修葺的亭阁。往严州途中的溪、桥、路边茶馆、浪漫山谷的风铃花、旋花植物、水晶般的小溪、林中小鸟、山岩的构造、形成，出山谷见到石岭寺、司山大帝庙，土桥住宿所见。
1845.04.06	行至柏店村，沿溪岸行几英里至伏魔东平王庙，离岸向西20里过小山到一宽阔山谷，谷底另有小溪、桥，经过后到达阳溪过夜。	村外的小溪、水文状况、桥，山谷中小溪、河、桥的描述。

（续表）

日期（出发/抵达）	旅行方式/途经地方	考察内容
1845.04.07	晨起出发进入谷地，行 45 里至河路溪/河渡镇。	山谷中农作物、岩石、植被、河流、桥梁，介绍东河及两岸绵延的河渡镇，住宿小店的情形糟糕，周围人对我的"鬼子"评论。
1845.04.08	出发前往宁国县，经过县城进入山谷，夜晚抵达桥子铺/蟠龙铺。	沿途见到土地祭坛、寺庙前上香的人群（其中有宁国县正堂）、宁国县城的地理位置、历史变迁、城墙状况、物产、城西的文祠亭、祭台、堡垒、山谷景象。
1845.04.09	乘轿子旅行，过一座山到达胡乐司镇，东河西边的分支经此镇，沿其河堤向西南约 7 英里到达观音桥/丛山关过夜。	轿夫的昂贵费用、上山途中见到的烧石灰、山顶茶馆、小庙、静态的火山口及周围地层形成的推测、胡乐司镇的繁荣贸易。
1845.04.10	经过富饶井水灌溉的山谷行约 20 英里到达绩溪，向西 3 英里至雄路镇，过此镇后遇到乞丐困扰，到临溪过夜，日行 70 里/21 英里。	山谷农作物、绩溪破败的城墙、城里吃面喝茶时所见、城门外的贞节牌坊、河流走向、绩溪历史变迁、名称由来、到宁波的新路、城里的设施、绩溪到广德之间的地质结构、水力磨坊、乞丐讨要现金、所经道路的良好状况及土地肥沃、人民幸福。

(续表)

日期（出发/抵达）	旅行方式/途经地方	考察内容
1845.04.11	行程 40 里达徽州，经过徽州出西门，过徽州河，不远处另一座桥，路通休宁，离开徽州向南 20 多里达屯溪茶商家过夜。	进城时看到流浪汉、徽州城与歙（原文注音错误，此误至今常见。——译注）县城墙的关系、歙县的历史、城墙来历及抵御日本人的目的、进入徽州的德胜门及半月形城堡、牌坊、城内繁忙景象、遇到的官员、十字街、迎和门、官邸、城西门轿夫吃面休息、与旅伴喝茶遇到官府仆从的纠缠、徽州河上的桥（失修。——译注）、河边的舞台、观众席、雨篷、观众、紫阳桥图、徽州的历史、地理位置、城墙及护城河规模、前往屯溪途中的地质分析、屯溪地理位置、规模、绿茶运输、贸易、茶商热情款待、信息交流、优越的住宿环境。
1845.04.12	离开屯溪约 5 里见到古怪的岩石组合，继续 10 里，过县港河的桥被毁，再行 1 里过渡口，3 里路后过南港河，20 里路到南山古庙、途经龙岩/五城镇，10 里行程后遇雨，被迫停宿于山脚下叫新岭局的小村庄。	寺庙、茶树、采茶景象、过渡的费用、竹筏制作、沿途景色、南山古庙、汪公大帝的传说、龙岩的河流、水运、新岭及周围的山、庙宇、亭阁。

（续表）

日期（出发/抵达）	旅行方式/途经地方	考察内容
1845.04.13	雨停，乘轿过新岭、芙蓉、对镜、手关、得胜五座山，经塔坑镇、茗坦村，来到江湾村镇，走过此镇5里到婺河上建筑精美的雄齐桥，行走10里到汪口村，住宿过夜。	山路状况、修路出资人的传说、山中景色、路上的茶商、南流的婺河、婺源名称的由来、介绍雄齐桥及其建造与禁忌、汪口村婺河与来自龙尾山的小溪汇合、夜宿汪口村旅馆的情形。
1845.04.14	因轿夫通宵饮酒、赌博、吵闹产生争执，改乘船旅行，40里抵达旅伴家所在的村庄。	乘船上的情形、所见两岸景色：摩夫顶、斧峰、通天窍、旅伴回家时对村人与家人的观察。
1845.04.14—18	在旅伴家等待另一旅伴到达后一起继续旅行。	中国内地居所：茶商居所的房屋布局、内部情形、女主人待客之道、旅伴女儿的日常生活、制茶的铜炉、住所周围的茶树、婺源的历史、城墙与护城河的变迁、城内布局、设施、婺源的地理位置、人头税、用货币支付的田亩税、实物支付的土地税、送上省城的慈善费用、到省城的运输费用、购买各种物品送去省城的数目、运输稻米的费用、运输豆类的费用、运钱到国库费用中婺源的份额、官员及随从的费用、送给总督使用的钱、送给学政使用的钱、送给度支司使使用的钱、送太守使用的钱、留在地方上花费的钱、送去省城花费的钱、不计入总账的杂项；听说的换亲悲剧。

(续表)

日期（出发/抵达）	旅行方式/途经地方	考察内容
1845.04.19	在城西北的山里弯弯曲曲地步行前往浮梁，10 里路达吴坑山，山下村庄喝茶，过山时遇雨，30 里后到达一村庄过夜。	沿途地质结构、作物、吴坑山景色、农夫耕作情景、乡村旅馆糟糕的食宿。
1845.04.20	步行过天堂山、船槽岭及其他山到项村司过夜。	山中景色、山的名称来历。
1845.04.21	经过风炉岭、三灵山，继续行程过浇岭、潘源山。	山中景色、三灵山得名缘由、山中村庄所遇、潘源山上所见浮梁美景、下山后抵达向导的朋友家，受到款待。朋友家人的热情，行程中最好的居住条件。
1845.04.22		痛风发作。
1845.04.23—28	在向导的朋友家	与朋友家人的交谈、对他们的观察、假辫子脱落事故、算命人的纠缠、朋友住所周围的山景、高岭产区描述、讨论并决定返程路线。
1845.04.29	下午起程前往向导兄弟居住的鹅蛋镇过夜	描述向导兄弟及其生意。
1845.04.30	乘轿出发向北几英里，过流向景德镇的河，爬山（高岭），下山后过渭水流向西南的两条分支，溪流北边小村庄旅馆过夜。	不去景德镇的缘故、山中险情、河运情形、免费渡船、仁慈的摆渡老人、夜间高岭土制作不子的喧嚣。

（续表）

日期（出发/抵达）	旅行方式/途经地方	考察内容
1845.05.01	早晨出发很快到吴岭，继续前行过小比港（据文中所述应为"江"。——译注），此后过摇岭及江西边界的大惟铺村，由此向南行，很快到达江南界内的横头村，在此过夜。	途中遇到的猎人及所带的狗、介绍小比港（江）、让人满意的旅馆、亲切礼貌的店主、介绍横头村在茶叶运输中的优势与重要性。
1845.05.02	过石门岭，来到石门街，之后在桃墅岭山路上蜿蜒前行，沿流向北的小溪下山，进入江南界内扬子江沿岸的平原，到达流向建德的一条河对面的尧城镇过夜。	沿途的茶叶运输、桃墅岭山间的浪漫景色：山峰、沟壑、岩石、山谷、种植的茶树及采茶场面、介绍尧城、池州、寻找旅馆及船。
1845.05.03	步行出发，沿河几英里到达泊船处，上大船顺扬子江而下，夜晚到东流镇。	所见的人们、渡口见到的嘈杂丐帮、扬子江上见到的运送草与芦苇的船、草与芦苇的用途、要求搭载的陌生人讲述江上遇难的悲剧故事、船主与向导的同情帮助、介绍东流镇变迁。
1845.05.04	离开东流，乘船沿长江向东北，夜晚到达安庆府。	长江上的水运、岩石小岛哪吒矶、安庆及其城墙的变迁。
1845.05.05	继续沿洋洋扬子江航行，近黄昏风加大，被迫在小河中停泊直到第二天全天。	大风中扬子江的情形、听到别的船上因"鬼子"引起的喧嚣、介绍泊船避风的小河流向及其经过的池州。

日期（出发/抵达）	旅行方式/途经地方	考察内容
1845.05.07—08	沿扬子江航行，经过隶属于池州的江边县城铜陵，未停驻，夜晚在其下游一段距离抛锚停泊。	水道变宽变浅、江上运送木材的巨大木筏、沿岸繁荣的商业。
1845.05.09	中午抵达太平府的芜湖县，经过后不久到达东梁山，由此进入扬子江支流水阳河。	介绍芜湖及其城墙、向导对芜湖海关检查的不必要担忧、从芜湖看江对岸的情形、在水阳河入口的设施及纳税、转入运河后景色与之前的对比、介绍水阳河概况。
1845.05.10	经过犹豫，船主在强风中努力安全地撑船渡过固城湖，下午到达定埠镇，换船天黑到达东巴过夜。	船主告知前行有几英里陆地阻断水路不能继续、到镇上寻找通路、在驳船上遇到少爷（高淳县地方官的儿子。——译注）的情形、经驳船主介绍在东巴找到满意晚餐及住宿、房东找来船主、向导与船主谈好之后行程的价钱并得到免检票据。
1845.05.11	舒适的大船沿湝（现有胥。——译注）河逆风出发，过繁荣的广通、邓埠、社渚，航行大半夜，第二天早上到达江宁府溧阳城对面。	湝河所见、两岸大量桑树、蚕农采桑叶的情景、介绍溧阳的变迁。

（续表）

日期（出发/抵达）	旅行方式/途经地方	考察内容
1845.05.12	过钟溪、湖埭，约中午时分进入大运河，喧嚣声中接近无锡，继续航行傍晚时到达苏州外几英里已关闭的运河出入口浒墅关，只能在此过夜。	大运河繁忙水运与之前支流的对比、大运河所见官船；无锡的城市规模、变迁、地理位置、名称来历、制造业。
1845.05.13	检查交费过关后从西北方向前往苏州，从苏州城北经过，到东北角的东门，沿流向昆山的运河前行离开苏州，到昆山过夜。	过关时小吏检查的情形、苏州城外河两岸的繁荣景象、城内的情形、与向导分手仍乘之前的船独自完成以后的行程、河上木材与粮船运输、到昆山途中，泖湖、淀山湖、金鸿湖、沙湖艺术品般的美景、昆山周围的山川景色。
1845.05.14	大约上午9点到达上海附近的苏州桥，约1小时后到家。	

第一章　丝绸与绿茶之乡旅行面面观

旅行必备服装

如果你是个外国人，要去中国内陆旅行，那么很有必要穿上中国的服装，剃掉头前部和太阳穴的头发，并留一条通常所谓的辫子。旅行者还应当会说汉语，遵守当地的风俗习惯。中国服装应季节和穿戴场合而异，夏季轻便透风，冬季厚重挡风。富人穿高贵优雅的服装，穷人则用粗糙的布料。大家可能都知道，中国服装宽大，四肢偶有束缚，长袖挡道，长袍及地，不便快速行动。不过，中国服饰穿在身上很舒服，在很多方面甚至比英国人的服装还得体。

中国绅士穿衣服时，先穿汗衫，再穿汗裤。上衣被脖子处的纽扣系紧，右襟垂直下摆，左襟盖过，在右胳膊扣住，沿右边下垂。裤子十分宽松，由腰及踝，跨步很大，双腿允许大开，无丝毫束缚感。裤子没有纽扣，由布带绕腰部几圈系紧。这种内衣一般由当地布料制成，主要是白色或者淡黄色。而穷人一般穿深蓝色或黑色布料。一些人最近拿欧洲白棉布替换中国棉布，因为它更白更软。但是，中国人一般更喜欢当地生产的布料，因为它更耐用。外国人着中国服装时最喜好穿淡黄色的土布衣，尽管当地布料制成的服饰比较粗糙并且皮肤会不适，但不易引起关注和评论。如果天气较冷，中国人会添一件棉袄，它由糙丝制成，里面塞了棉花，衣形较短，但袖子长，天气暖和时一般不穿。棉袄外面一般套着袍子，系带方式和前面一样，长度由脖到踝。袍宽松，穿起来时，会引起行动或工作不便，腰部由纱布系紧，纱布两端下垂或塞进去，随穿衣者而异。我在向导的指引下，将两纱布端折起后，既不前晃也不后摆。袍子一般由四川生产的一种丝绸制成，质地粗糙但结实，里面有薄稠，或塞有棉花，视天气冷热情况来确定量的多少。在酷暑时，双层丝袍换成单层的轻绉纱或薄纱；在严寒时，换成带有毛皮的细平布袍。不管袍子是什么材料制成的，后面都有环或者扣子，穿衣者可以扣起衣服后面垂下的衣襟，以免在多雨的天气中走路时沾到泥土。袍子的后面扣起来后，外形奇特，像故意拉起的帘子，以便露出后跟。袍子外面套着的领子，通常由浅蓝色缎子或天鹅绒制成。此类袍子专为脖子设计，缝在柔软的披肩上，它有四个下摆，两个向前垂，两个向后垂，系在腋窝下面，披肩则向前扣，这样就固定好了一件衣服的位置；如果没有穿外套，有四个下摆的披肩看起来就很奇怪，在外国人眼里很搞笑。袍子披肩后穿好，再穿马褂，它的袖子很宽但很短，长及下臂中部，褂身则长及腰部；马褂不同于上文提到的任何衣服，它前面紧扣一排扣子，在脖子周围贴合，位置低于领子，但高于披肩，领子则盖住脖子；以上就是中国人的上身服饰。如果在冬季，马褂就由带毛的细平布制成，如果在夏季，就由羽纱或者丝绸制成。除了马褂，还有形状一样但更长的外套，它一般作为晚礼服，或者由身份尊贵的人穿。

至于下半身的穿戴，我们发现中国人脚上穿结实的袜子。这种袜子一般用淡黄色棉布，根据标准的尺寸缝制而成，有很多层，大概是鞋底的两倍或三倍厚，这些折叠的布面在各个方向被缝合好，使袜子的底部更硬，更结实，能够耐磨耐划。整个袜子都有里衬，冬天的时候里面塞着棉，可以轻易立起来像个靴子。中国的袜子都有个奇特的地方，就是整个袜腿的大小都是一样，当腿穿上袜子的时候，袜子没有弹性不会拉伸，因此中国人的腿看起来就像是柱子。当穿袜子时，中国人把它们拉到裤子上，然后用绿色、蓝色、黄色的袜带绑在膝盖下面。裤子的膝盖部很宽，与袜子顶端相接，使得整条腿看上去要比真实的大四倍。这种可笑的外观有时靠裤套来补救，它在背部系紧，盖过袜子和裤子，到达腰部。那些由各色丝绸制成而在一定程度上使中国男人的下半身没那么难看的裤套并不是缺少座部的工装裤，所以尽管穿衣者前面看起来很利索，但是从后面看仿佛他裤子的一部分被撕掉了。

鞋是由布或缎子做成的，鞋底是由多层布做成，下面用一块皮盖住，把它们缝在一起，在鞋底部形成排列状；走太多路途，头会磨损，就会危及底部的皮，然后是多层的布；但是，过一段时间后，尽管线会松懈，但这么多层的布会缠结在一起，保留它们之间的连接。然而，穿这种布鞋也有不便之处，穿鞋者一旦踩在潮湿的地面，水就会渗到鞋垫，然后通过毛细作用袜子、脚很快就会变湿，穿鞋者就容易着凉。鞋一旦湿了，需要很长时间才能变干，除非你有备用的鞋穿，否则你就只能在雨天湿着脚了。然而，中国人制造了一种皮鞋，鞋底打满了铁钉，大概半英寸长，底部周长 1 英寸。这些可怕的铁钉在雨天踩踏在石头路上发出咔咔的声音，穿鞋者很有可能会摔倒，而在柔软的黏土路上行走，特别是在下坡时，穿这种鞋走路却很稳。但是，它们并不防水，因为皮能透水。如果你走在积水 1 英寸深的斜坡路面上，水马上就会渗到鞋子的顶部，甚至更多。除了这个不便外，它们还十分坚硬，不易变形，以至于穿这种鞋走一天路腿可能会瘸，这是我痛苦的经历。对于不习惯穿这种鞋的人来说，中国所有的鞋都是极其粗糙而笨拙的，鞋底不仅厚，走路时还很硬。此外它们是朝脚趾向上卷，所以脚的前半部分要比后半部分高，而且很有可能往后倒。这就是中国的规矩，几乎与世界上其他国家相反。比如说，我们增高脚跟，压低脚趾，而中国人完全相反。我觉得很有必要为自己量身定做一双鞋，鞋底是平的，鞋的尺寸要足够大，可以让脚趾自由活动，可以让我在走路的时候向前跳。我建议，想穿当地鞋的任何人都先尝试穿中国的袜子，因为后者要比我们的袜子厚实得多，整个脚伸进去很容易就把鞋填满了。

　　不管在室内还是在户外，中国人几乎总是戴着帽子。事实上，如果没戴帽子或者未穿袜子，他们就不觉得自己穿齐整了衣服。这对于暂时要穿中国服装的外国人来说是个优势，因为他头发的颜色等外貌特征不会引起注意。中国人戴的帽子有多种颜色，因场合和气候而异。对于尊贵的人而言，在一般的场合他们戴圆冠帽，帽檐四周沿着倾斜的方向凸起，前面和后面尤为突出，这是最常见的帽子形状。帽子一般由绒面呢或缎子制成，用纸板加硬，里面塞着红色的衬布，顶部是丝绸结成的纽扣；如果戴帽子的是文学学士或者政府官员，这个结就是由黄铜、水晶或者天青石制成，依头衔而异；结的底部挂着红色丝线或者染发，沿着帽冠的四周向下垂，盖住了帽子的顶部。这种帽子在夏季会换成圆锥稻草帽，里面有圆环，来调整大小，具有同样的结和穗。这些帽子并不太适合外国人，因为无法完全遮住额头，很容易吸引他人的注意力，除非专门制作。对于任何想要暂时穿中国服装的人来说，一种毛毡做的帽子更方便。它类似中空的袋子，直径大概 1 英尺，长约 2 英尺，两端缝合；一端倒置，推到另一端的中空处，像改造前的英国毛毡锥形帽。这种形状的帽子可以在晚上戴，用来抵御寒风；或者将帽子的四周卷起来，在白天戴也不错。有了这个优势，帽子的檐或冠可以做得相对大些或小些，以满足穿戴者的要求，躲避别人的目光。我在寒冷的季节日夜都戴这样的帽子，发现其御寒效果非常好。天气变热时，中国人把毛毡帽换成船帽，尽管这样会引起注意，在华的外国游客也必须这么做。船帽形状像盆，或有加绒，随天气冷热而异。尽管这样的帽子更轻小，仍可遮盖至耳尖及前后面头发的根部，覆盖大部分的头部，在白天黑夜或者在国内外穿戴均可。

如果旅行者的眼睛颜色较浅，最好戴副眼镜遮挡一下，透明的或者有色的眼镜都可以，材质一般是石英，旨在给眼睛提供充足的保护，免受照射；因为眼镜很大，戴着它穿过大城市时不会引起路人好奇的目光。最好的眼镜是墨晶做成的，直径大约 2 英寸，有黑色的框，并且穿有链子，戴到耳朵后面。然而，当旅行者穿过山区和偏僻的村庄时，戴无色的石晶眼镜即可，因为相比路人而言，人们更习惯当地人戴有色眼镜。在这个问题上，外国旅行者最好注意点，因为眼睛最先引人关注，很有可能让人发现其外国人的身份。中国人认为老人戴眼镜比较好；为了外在的统一，佩戴眼镜的人同时要留胡子，而中国人一般在 40 岁才留胡子；路人会看他的脸及眼镜和胡子是否比例正常。

最后同样重要的问题是，外国人为了在中国旅行时不被人围观，他们必须把头发的前半部分剃光只留后半部分，同时扎个长辫子。任何一位中国理发师都会细心地为在华外国人剃头和修辫子，并依照习惯做得很好；同时，理发师必须注意保守这位外国人的秘密，或者在既定的时间和地点把头剃了，因为外国旅行者一旦对剃头的中国理发师开始喋喋不休时，他或者他的邻居就不可能发现目标与目的地。做好准备后，理发师开始工作，他把这位外国人头部低处的头发都剃了，留下盖住头部后面的头发，然后给松散的头发分成三部分，用丝线系住，再拿起后面的头发，尽可能绑紧，使它看起来像是头发的延伸。接下来，便可以把这三部分与添加的头发绑成辫子，快绑完的时候用一些丝线把末端绑住，辫子就这样完成了。然而，外国旅行者不应该让理发师添加太多的假发，因为这会让辫子太沉，行走在大街上会产生过多的压力，容易使整个辫子都散架了；我之前就有过这个经历，细节将在后文介绍。

绑辫子以后，必须一直戴帽子，保持着辫子的原形。另一个可能暴露外国旅行者身份的情况，是从他的帽子里冒出几根浅色的头发；因此，他必须趁人不注意的时候，时刻把头发小心地塞进去，不让它们露出来。对于不习惯扎辫子的人来说，辫子将十分碍事；尤其是当他蹲下来做事情的时候，辫子会向前垂下来影响他做事；或者当他要离开的时候，辫子又卡住了。如果拉不出来，他就无法继续行动。在夜晚，只要在床上翻个身，马上会感觉到辫子的扯痛，而且随时都有可能会散架。

避免这种不便的方法是把辫子绑在头部或绕在脖子周围。但是，绝不能在公司或者上司领导在场的情况下这么做，因为这是种不礼貌的行为。一旦多余的头发被剃了，就没有了，因此建议外国游客在旅途中不要去找理发师。有一次我在华中的时候就这么做过，那个农村的理发师太傻太无知了，完全不知道外国人的存在，没有注意到我头上奇怪的地方。然而，他的妻子问他，为什么这个人的头发那么短还要扎辫子？她的丈夫说，也许是他的妻子把他的头发剪短了，这就解释了为什么他的头发看上去营养不良。为了避免这些询问带来的不便，我以后都自己剃头发和弄胡须了。这通常得在晚上进行，没有镜子、肥皂、刷子，只有浸在冷水里的一块毛巾来润湿下巴和一把常见的中国剃刀来剃掉营养不良的头发。起初，我用钝刀来剃，这把刀满是凹口，之前是用来削铅笔的；就这样，长了十天的胡子花了半个小时才刮完，期间我痛得直流眼泪。然而，有了一个好工具后，这个活儿就轻松地完成了，我很高兴再也不用依赖中国的理发师了。如果所有的中国居民都追随我，那么中国 100 万名辛勤工作的理发师就失业了。

服装与发型问题解决后，千万不要以为外国旅行者已经做到可以摆脱中国人注意的所有事情：他还须保持中国人的特点，而要做到这一点，他必须

在穿着上与当地人一致。在中国每样东西都是模式
化的，穿衣顺序有一定的要求，不能违背。某些衣
服必须先穿，某些衣服必须后穿，必须按一定的方
式扣好，根据既定的模式，一件套一件，否则看起
来会十分奇怪。与常见的穿法稍有不同，立马会引
来注意，最终暴露身份。坐姿、站姿以及步态，抬
胳膊动腿的方式都必须严格把控，否则会引起注意。
一定要避免走得太快，不能迈很大的步子，或在大
街上挤别人；动作一定要轻，仿佛对周围发生的事
情都不感兴趣。一切都来得及，仿佛是中国的行为
准则，任何人表现得着急都不是真正的大汉子民。

中国的食物与饮食

在华外国人吃东西的时候，必须注意跟别人一
样。拿筷子的方式不仅重要，而且要拿得十分娴熟。
不使用筷子的时候，必须将筷子靠边放在桌子上，
不能指着使用筷子的人。拿筷子的时候，右手手指
必须斜放在筷子上，这样可以把筷子拉近到在桌子
边缘，突出一点；把右手的拇指放在筷子下面时，
就可以把筷子拿起。这样拿起筷子后，把筷子垂直

对着桌面，两根筷子就可以对齐；同时轻转一下手，就可以把一根筷子压到食指根部和中指尖端，拇指中部压在上面固定住。另一根筷子是由拇指和食指、中指的尖端握住；通过弯曲或伸直手指的关节，筷子可以前后移动，靠近后远离另一根筷子；因此形成一种镊子状，随着食者的意愿打开或者关闭，可以夹起或者放下最小块的食品。而所有这些动作，都在筷子立直尖端朝桌面的时候由右手独立完成。筷子这样握着，饭桌上的客人们开始从桌子中间一个或多个碗里夹一块块的肉食或者蔬菜。外国游客必须小心地夹住他想吃的菜，然后送进嘴里，避免掉到桌上或地上；中国人很少夹菜失败，某个人一旦夹不到菜或者夹的菜掉在桌子上、地面上，此人立刻会被旁边的人用筷子敲打这只手。与中国朋友一起吃饭，不值得为只吃一盘菜而太过挑剔，因为他们经常会用自己的筷子把最好的菜夹到外国人的盘里（尤其是当他们声称对客人充满敬意的时候）；更不要抱怨主人没有使用干净的筷子，而是用之前碰过自己嘴唇并沾过自己唾液的筷子来给他们夹菜。当然，世界各地对于礼貌的概念都不同，聪明的旅行者会接受这种善意而得到赞美。

聚餐开始的时候，主菜不管是蔬菜还是肉食，主人都会将其放在桌子中间，然后客人们自行取食。每个人前面会放一个小杯子，主人会不时地从锡酒瓶里往小杯子里倒点温酒，客人喝一口酒，然后吃点菜，直到客人说他要吃米饭。当饭盆端上来的时候，酒杯就可以放在一边了。根据礼节，饭后不再喝酒。当饭碗放在客人面前时，必须用左手拿起，把拇指放在碗的边缘，食指放在一边，小拇指放在另一边，中间两个手指放在碗底。然而，中国人经常把饭盆放在桌上直接用嘴巴吃；用筷子帮助进食的时候，就把米饭刨进嘴里吃。这可不是外国人能轻易做到的；为了模仿中国人，外国人必须把嘴放在碗边缘，不是从一边移到有饭那一边，而是用筷子把米饭送到嘴边吃下。中国人吃饭时会留出更多的口水，发出更多的砸吧声。他们一口就能吃到很多的米饭，尽管他们冒着被饭食噎喉咙的风险；但是，他们必须小心而不能把米饭洒在桌子上或地板上，也不能在吃完饭的时候留米饭在碗里；因为这是浪费的标志，为中国人的经济观念所反感；而且会显示这个人养成了某种怪异的奢侈做派。

当客人吃完一碗饭而要另一碗时，他最好叫一碗或半碗，随胃口而定；或者他点的饭太多了，他可以给旁边的人分点，别人也会乐意接受，但是他一定不能剩下。对狗而言，它们只能吃主人或客人扔给它们的骨头，或者吃些专门为它们或家畜准备的粗糙食物。

大多数熟悉中国的人都知道，他们不使用桌布；但在用餐完毕时，主人会拿来一块脏布擦桌子；然后每个人分一杯茶，并被告知热水盆的位置，热水盆一边是另一块破布，可以用来洗脸和擦手；最后每人抽支烟，用餐便结束了。看到中国人熟练地用筷子夹豆子、挑鱼刺、剥蛋壳，真让人惊讶。筷子可以用乌木或者象牙制成，普通人使用竹筷子。在商行或市场可以同时看到 100 多万支的筷子，并且还要生产更多的筷子才能满足家庭、酒馆甚至整个国家的需要。家庭使用的筷子被放在竹筒里，或放在桌上，或挂在门边，客人们需要的话可以自己拿，没有人会问之前谁曾使用过，也不会问筷子是否干净或有异味。

关于中国内陆地区，尤其是山区及人迹罕至地方的食物并无细致描述，因此，对食物挑剔的人最好不要到这些地区进食。欧洲人一旦离开本土赴华旅行，就得放弃牛肉和啤酒，但是他们如果有钱的话，他们会有很多的猪肉和白酒。中国饭桌上最主要的食物就是米饭，有白米饭，也有红米饭；但是，中国一直没有足够的饭食来满足他们的胃口。为了降低对米饭的需求，中国人使用了调味料，其中最常见的一种是豆腐，它由豆制品混合石膏粉漂白而成。我记得，在伦敦参加一次地理讲座的时候，看到演讲者坐在一种石膏模样的物品上。我鼓起勇气上前看，结果那个物品就是中国人用作食物的东西。于是，这位博学的演讲者抬起手，带着遗憾、诧异和惋惜的语气说，在中国生活必需品是如此的稀缺和珍贵，以至于中国居民只能沦落到吃石头；在场的听众都十分同情中国人。然而，我后来拜访了英格兰北部的石膏场，并问场主他们拿那么多石膏干吗？我得到的回答是，大部分的石膏被送到达拉谟芥末厂家以及伦敦糕点厨师的手里；所以，在场那些同情中国人吃石头的女士们和先生们，很有可能吃过一两次诸如此类的东西。这么制作的豆腐很重，放在水里时会沉下去，所以吃在肚里的时候应该很不舒服；但是，由于它质地柔软和温热，食者会连同米饭轻易地滑进嘴里。中国人也经常食用豆芽，这种菜比较容易接受。

中国人餐桌上第二种常见的菜肴是经过腌制、晒干而分解腐烂的芥菜。这种状态的芥菜最让人恶心，闻了就想吐；但是在中国人手里，这却是一道美味，他们十分喜欢，当他们在路途上的时候，常常把晒在篱笆或栏杆上的干芥菜拿来吃并细细品味。新鲜的芥末植物有时会被煮了吃，但没什么味道，因此没什么外国人会喜欢。除了准备豆腐和芥末植物，我们有时还会遇到其他豆类食品；我们经常遇到竹笋片与猪肉一起炒，这道菜成为中国酒馆中唯一的美味菜。尽管客户可以现点或购买这些菜，但在其他地方却没有这些菜肴。

如果客人想吃面条的话，他们首先得准备好豆子或小麦糊，然后把它们擀成薄薄的块状，再切成细条，就像意大利面条一样；然后煮到变软，趁热吃；当地人用筷子夹着，一端放在嘴里，然后不断地吸，直到他们噎到自己或烫到自己，然后才停下来吸口气，再继续吃。现代吃法是配点腌肉，口感不错，再吃点米饭和蔬菜填饱肚子。只有在好几百人的村子或小镇上才能见到猪肉。那些想吃猪肉的人一定要随身携带，或者在经过小镇的时候买点，以便在小村落过夜的时候拿出来吃。与我一同旅行的导游知道要准备些什么，他们通常会提前备好大量的新鲜猪肉或腌肉，加工好后，包在油纸里一同带上。没有这些准备措施的话，我们的队伍很可能不知道该怎么办。

在一些偏僻的地方，没什么可吃的，我们就吃一种双层煎饼。它是面粉做成的，里面夹有许多葱段和其他芳香蔬菜。这些煎饼及其夹在中间的蔬菜肯定有味道，但远远谈不上好吃，而且吃后的感觉比吃的时候味道更好。油炸后，只要很小部分的饼就够了。不管什么食物被摆上桌面，导游说对于食物提出问题，是不礼貌的行为。因为只是提问题，就会暴露外国旅行者不熟悉所看到的事务和不熟悉每天上桌的菜肴而暴露客人的无知，即使对一个小孩来说，这也是不可原谅的，而且准确无误地将那个人标记为外国人。

为了避免对任何事情表现出吃惊表情，我在导游的陪伴下，在每个场合都很小心；如果忘记导游交代的话，大家都很尴尬。因此，在中国旅行的外国人必须严格遵守中国父母在家教导儿童时的建议。比如，看到什么和听到什么都不要说话。忽略这个准则的后果，就是我经常提出问题没人回答；最后旅行者发现，获得信息的最好途径就是表现得漠不关心，然后尽可能地从断断续续的话题中得到信息。

在我的旅途中，供应上桌的酒通常是蒸馏而成的烈酒，无色，酒劲不大，味道还行。上酒的时候，倒在小杯里，酒壶里大概装几茶杯的酒量，客人一般最少喝两三杯，然后上米饭，酒杯放到一边。这种酒从谷物中蒸馏而出，所以叫高粱酒。另一种类似的酒叫绍兴酒，因为产自绍兴。它没有高粱酒烈，味道不好。第三种酒叫水酒，因为它不烈，味道甜，气味香，所以是一种常见的饮料。最后一种酒上桌的时候，用的杯子比前两种酒都要大，但上米饭后仍然不喝。一般来说，在中国餐桌上看不到许多喝醉的人；他们的酒店没有提供酗酒的桌子，每个人必须拿着酒站在柜台外，斟满酒后离开；几乎没有人劝酒。朋友们在茶馆见面，然后一起度过夜晚的时光；他们喝的饮料使自身高兴，却不会喝醉，所以客人们可以平稳而清醒地回家。整体来讲，要不是鸦片输入中国的话，中国算是一个比较清醒的民族。受鸦片影响的主要是沿海省份的大城市，农村及一些小城镇则受鸦片影响较小。

中国的客栈与茶馆

中国的娱乐场馆需要加以描述。在所有的公路上，交通要道附近，五里或十里远就有一家这样的娱乐场所。旅行者可以通过挂在门口的路标——"中伙便饭"得知，此客栈可以提供午休（普通住宿）和快餐（便餐）。读者不要以为，在这里可以找到欧洲任何旅馆中常见的东西。在农村，这些饭馆通常是一层小屋，土地板，有木板边；前面是小门店，后面有客房。经过小门店后，你会穿过一个小院，进入叫做大厅的空房间，里面放有一张桌子和一些板凳；在大厅两边，有睡房，有时在后面还有厨房和其他两个卧室。如果这些房子有两层高的话，上层房间或者阁楼会用作服务客人的轿夫或苦力的房间。外国人不要想着客栈里会有床单或桌布，因为这些东西甚至在中国殷实的家庭里也没有。有时来客人了，房主才擦桌子，饭后也擦；但是，主人是用几英寸长的破布擦的桌子，只擦些表层的灰尘，而1英寸厚的凝固土尘就留在桌面上。很少能看见地上的扫把，而地板很容易吸收残渣剩饭并且遮盖了垃圾。路人带来的泥土会给地板增添一种新的成分，鱼刺、米饭以及其他吃的东西都被狗舔干净。

进入这种饭馆的第一个问题就是他们是否有米饭和蔬菜，回答通常是有，但是坦白说他们准备不足。这种坦白和事实有时候让我无法辩驳。在那些场合，在米饭后面供应的是想象中最糟糕和最无味的东西。客人要想吃点别的，如果那个店有的话，就会上猪肉。卧室很少有窗户，光线的唯一通道就是门，门通向另一个公寓，可以采点微弱的光。很可能是因为房间被照得太亮，泥土和丑陋变得特别明显，挑剔的外国人很有可能不敢进去。卧室有时候会为每个人配有独立的床位，客栈有大概 6 英尺长、3 英尺宽、2 英尺高的床架，上面铺了一层草，再放个床垫；而房间的一头经常有更大的床架，大概 6 英尺宽，10 英尺长，可以容纳三四个客人。

如果客栈没有为外国人提供被罩，则会给每个客人提供棉被。由于多年来为主人扇扇子的人和抬轿子的人以及许多肮脏的下人已经习惯使用这些被子，所以这些被子还是很"受用"的，尽管每次被子被使用后都会增添肮脏和螨虫。当然，只有下等人才认为这是福利。因此，每个外国旅行者都必须随身携带床垫、被子和枕头；但是，尽管有这些准备，也很难躲避已经在房间里久存的尘土和令人恶心的昆虫。在这样的房间里，最恶心的家具是马桶，它发出强烈的气味，只有中国人的嗅觉才能够承受。地板可能是木地板，但是很久没洗了；角落里的蜘蛛网表明自从这房子建起来就没有打扫过。总而言之，整个房间闻起来像马厩和猪圈，远不如大多数文明国家的马桶那般卫生。唯一令人愉快的是热水盆，一进门就可以看见，用来洗手、洗脸或者供旅行者洗脚，而且进门后立马会有一杯热茶。

因为住宿费用极低，所以绝望的旅行者只好接受命运的安排，住在这样的旅馆里；一天大概80块费用，包括晚餐、床位以及早餐；如果旅行者要单独付每项开支的话：一碗米饭12块，一份蔬菜同样的价钱，一杯茶6块，晚餐的时候供应；第二天的早餐12块，剩下的20块用来支付火柴、服务员、客厅以及床位的费用；客栈的照明系统通常被认为是最好的，因为客人相信老板的承诺时，很可能在吃饭的时候会得到一点猪肉。

这些客栈的管家都比较文明：旅客进店的时候，

他向里面的人微微鞠躬，然后走到中心的接待厅；在那里就会有主人跟着，为客人擦桌子（很有必要的举动），然后给客人倒几杯茶。如果他有礼貌的话，他会问客人的姓并问客人想吃什么。客人也可以借机询问第二天的行程和距离等情况。但是，如果旅客是外国人的话，最好少提问题，以防引起疑心。在某些情况下，主人很少会过问客人问题。离开的时候，客栈的人会说旅途愉快，而旅行者则对留下来的人说些赞美的话。

外国人在客栈住宿的时候应该小心，避免与那些可能同行的人打交道。中国人比较爱打听，他们有问一大堆问题的习惯，包括姓名、年龄、条件、祖籍、出生地、旅行目标以及目的地等，而这些通常不便回答。问完所有这些问题后，他们会打听别人的私事，妨碍他们做事，仿佛这就是风俗。这种习惯的原因是，他们认为对方很乐意被提问。在酒馆还会遇到一些人，其目的就是惹恼别人，看他们陷入困难，制造混乱。在中国，经常能看到流浪汉，他们借着搜查走私鸦片的名义，要求旅行者打开行李；确定他们的箱子里装有的物品后再计划去偷窃，或者威胁说把他们带到中国官员面前，以敲诈他们

的钱财。如果让中国官员仲裁的话，外国人一定会
输，所以许多外国人宁愿花点小钱而不愿打官司，
不管他们多么无辜。外国人当然应该避免歹徒的骚
扰或袭击，这些歹徒以制造动荡为生，他们的利益
就是使别人陷入困难。除了他们猥琐和邪恶的样貌
外，很难将他们与老实人区别开来，因此在华外国
旅客要小心对待他们。

我在此详细描述旅途中发生的情况。同我旅行
的一群人在路上遇到一个顺路的人，此人是我们同
行队伍中一个人的老乡，他们来自同一个街区。但
是他不怎么理睬这位邻居，而与另一伙人相处得很
好。他的邻居在没人注意的时候说："虽然他是我老
乡，但我并不放心他。你们为什么和他处得这么自
在和熟悉呢？你们不知道路边的熟人甚至都要小心
地躲开他吗？"然而，万一旅行者在路上碰到陌生人
并向他打听事情或寻求帮助，可以通过问他多大年
纪，然后赞美他的样子，就可以轻易地把他逗笑；
你也可以问他有多少个兄弟，父母是否健在，是否
有亲戚在家照顾老人等。第二步就是递一支烟给他。
如果对方接受的话，那么双方就立刻达成了共识。

除了客栈之外，在华外国旅客还可以在拥挤的

公路上遇到茶馆，大概每隔一里或半里就有一家。茶馆的舒适程度和条件要比客栈简陋得多，茶馆老板也不会假装给疲惫和饥饿的旅行者提供更多的茶水或蛋糕。每个茶馆都有很多的桌子和凳子，排列放在小棚子下面。小棚在茶馆的前面突出一部分，通常会盖住公路上方的空间。一旦有旅行的人停在门口坐下，茶馆里马上有茶倌拿出茶碗放在他面前。在大多数情况下，热水已经准备好了，接下来茶倌扔一撮茶叶到碗里，再倒热水。然后，等两三分钟就可以喝了，旅行者直接用原来的茶碗喝，既不加糖也不加奶；既不关心被烫到嘴巴，也不关心被茶叶噎到。当他喝了半碗茶的时候，店主已经站好准备给他再添点热水，加满碗；如果客人想要的话，就一直这样加上三四次。等到第四次添茶水的时候，茶味差不多就淡了，他付6块钱后即离开。这些茶馆通常有很多旅行者，外国人最好坐到一边或茶馆里更阴暗隐蔽的地方，避免茶馆里中国人围观。

运输方式

中国内陆的运输方式取决于旅行者要去旅行的

地方。在沿海地区或者江湖周边，一般是乘船；水上运输要比陆地运输快多了，因为中国人已经通过运河连通了许多大型的湖泊和河流。这些运河朝各个方向开凿，像动脉一样延伸到中国大部分地区。就我的经历而言，同时可以看地图证实，中国的城市没有城墙，也没有大型的城镇，除了靠近水源的地方。山区没有可通航的河流，因此没有大型的城镇。但是，一旦你到达可以通过竹排的河流，就有可能看到水上运输。在地形平坦的乡镇，如果河流或湖泊不能延伸到人们居住的地方，他们就会挖一条运河，把自己的家园与国家的大道连接起来。我看到的大多数运河河段都是直的，大约50英尺宽，10英尺深。有的河段在一片土地上只延伸很短的距离，把一条湖与另一条湖分开，有的延伸50英里或100英里远。为了促进城市间的沟通，每隔几英里就有座独拱桥，桥下面通行谷物货船，即使放下桅杆，桥高也须要20英尺才能允许大型船只通行。如果附近没有大的村落或者通往村落的公路，旅行者只要看到跨运河的桥，就可以确定在桥的两端找到许多房子和店铺。这些桥拱通常翻砌得很结实，而一旦桥墩坏了，桥拱一边就会塌陷。尽管这种情况比较少，但我还是见到一些桥坍塌或极需修补的桥。中国工匠经常用约 5 英尺长的石头来垒砌桥身，间隔使用 1 英尺长的石头，经过精心打磨后形成弧，满足桥拱的弯度，两边与其他石头的连接处则是楔形。在桥拱的顶部，应该放一个拱顶石，中国工匠则放些长石板，然后在两边放些较小的石头，这样就不止有一个拱顶石。当建非独拱桥时，桥墩会做得很小，使桥拱弱化，不至于坠落。与旁边的拱相比，中拱通常较大，所以在中拱的两边，行人不得不爬陡坡上最高点。这使得重轮马车无法通过；其他情况下重轮马车也难以通过，因为赶车的人怕车轴变形或者因为桥太窄了。中国的桥因为没有矮墙，行人走的路都是桥顶部的石板，从远处看，仿佛是用纸板做的，而行人就像是在空中走。有些桥很常见，它们的桥墩很牢固，桥拱同样大小，设有矮墙，顶部的路是平坦的，可以轻易通行马车。这些情况会在以后的期刊中加以描述，因为它们发生在我的旅途中。木桥则经常在山上的洪流处看到，但是这些桥上都设置各类铁链，通过桥孔从一边穿到另一边，避免整座桥被山上的洪流冲走。你仔细观察铁链后就会发现，这种链子很像欧洲双桅船上使用的铁索链，这样的铁链条足够粗壮，可以承受距离海岸几百英里 200 吨重的拉力，然而，这些铁链不太可能像是从西方运过来的；因此，我们只好假定这是中国人在附近生产的。

中国的船只

在沿着中国的运河和小河旅行的时候，乘坐的是有顶的船，它分成几个独立的小室，有门和窗，方便乘客。船只通常有 25 英尺长，6 英尺宽，整个空间按照以下方式进行密闭分割（除了前面的四五英尺或者船尾的 6 英尺或 8 英尺是留作工作间的）：首先是外舱，大概 6 平方英尺，前面有入口，后面有门，通向中间的舱；两边的窗户用来采光和通风，周围放几只凳子，它看起来像接待客人的前厅。中间的舱较高，较长，比第一个舱宽敞，两边有几扇窗户，里面有一张床，四周都有座位，中间有张桌子。在这里，乘客们可以轻松而舒适地就餐、睡觉和工作，尽管船在负重前行。中舱的后面是个小舱位，坐向与船相反，几英尺宽，给船员休息用；船尾是空地，上面盖有垫子，船员可以站在上面划船。

他们的船桨是很强大的工具，其支点起作用，固定在船尾；船桨微微弯曲，以便船员可以在水里用船桨做出弯曲或者螺旋的动作，船也因此被推动；绳子从船桨的一端绑到甲板上，通过摇摆运动，船桨可以旋转半圈，几个人握住手里的船桨，前后划动，就可以使船前行。大船有两个船桨，较大的船在船前面有好几支桨；这些船桨更适合运河船，因为有些船在狭隘水域、桥底或者靠得很近的墙之间穿行，只容得下船身，没有空间划桨。这里所说的船装有形状奇特的桅杆，通过两个铰链挂在穿过中舱顶部十字形的木头上，只经过桥底的时候，才可以通过铰链轻易地把桅杆拉到船尾；桅杆本身是两部分组成的，从之前所说的十字形柱子一端升起来，然后在顶部一个点相接形成希腊南丫（a Greek Lamma）的形状；由于底部足够宽，桅杆可以避免倾斜，通过绕船一端到桅杆顶部的绳子稳稳地直立着。因此，它能够轻松地上升，也可以自由地下降。另一个较小的桅杆在拖船的时候才升起来。这种构造的桅杆十分方便在小运河中运行，因为小运河有许多的桥，每半个小时就需要拉低桅杆和帆；考虑到其弱点，就是很难适应大河，尽管它们底部较宽，但是无法把帆拉向船尾；因此，这种船只能与风并帆，而不能像单桅或者尖底船一样，逆风而行。行驶在长江或者其他大河的船，有不同的构造，并且更能承重和适应逆风。

中国的公路

中国公路比外国人预期的要好，考虑到它们不是为两轮马车而是为步行者修建的，除了偶尔的独轮手推车和几只动物穿梭公路之上，道路的整体情况还是很好的。在某些地方，路中间铺着15英尺宽的石板，两边铺着鹅卵石。从几百英里处，旅行者就可以看到很好的石头路，至少三英尺宽，根据附近岩石的性质以及附近岩石的供应情况，由花岗岩板、云母板、砂岩或者蓝色石灰岩组成。在1000英尺或2000英尺高的山上，公路被砌成了台阶，6英尺或8英尺宽，铺得十分细致，便于行人走路。上山行走，穿过平原的路也是依据人的需要而铺设的。每隔一英里的距离，在路边就会有个棚屋，里面有座位，疲惫的旅行者可以坐下来休息，然后继续旅行。这些公路、棚屋以及桥梁、运河都是人们自愿修筑的，属于善意的付出。有时，某人发誓要修一条公路或一段山路，或者建一座桥，便由有钱人或者自由人带头，捐款修路，似乎一下子就收齐了钱款，并且如实地使用这笔钱。无论如何，都会有一块石碑记载这条公路或者桥梁建立或者修补的时间和情况，以及每个人捐钱的数目，这样的石碑矗立在桥头或者公路上。若后来仍有修补，你就可以看见一排这样的石碑，这种做法可以对善良的捐款人起到永久的宣传（他们这么说的），因为他们用自己的力量赢得了永久的名望。

另一个令人高兴需要记录的事情是，我们记不得在中国遇到过收费的关卡、收费的桥梁或者收费的运河，所有的公路通行都是免费的，公共设施之公路仿佛是上帝赐予的亮光，或者是我们呼吸的空气。我也遇到过渡船，旅行者可以免费划过河，因为船只和船夫已经支付公款，所以不需要再支付任何费用。不仅如此，中国内陆的某些居民群体会为疲惫的旅行者提供茶和汤。我就曾在路途中走得头晕眼花的时候，接受过无名氏的恩惠，喝了点清爽的饮料。有时候，前面描述的棚屋内就提供免费的茶水，经常有个妇女在那里招呼，整天为游客供应热水，提供新鲜的茶叶。这种茶馆的维持成本大概是一天 1 美元，在绿茶区有好几百家这样的茶馆；有时寺庙里亦有准备好的茶水，僧人把做善事看成他分内的差事。

中国人为外国人所做的另一个善举就是沿大道或者靠近危险桥梁的地方设置照明的油灯；这样的油灯是由薄薄的牡蛎壳嵌入木头框架中做成的，要么挂在灯柱上，要么固定在石柱的凹处；灯光昏暗，但足以照清桥和路，并体现了点灯者的善意。在英国，铺路或者照明也是免费的。

陆地旅行方式

在中国内陆，沿着公路旅行的方式要么步行，要么坐轿，尽管也有人使用独轮手推车或骑驴，旅行者很容易雇佣苦力来搬运物品，并且费用不会很高。在中国内陆常见的轿子的构造是再简单不过的了。它由 4 个大概 5 英尺高、直径约 1 英寸的柱子组成，这些柱子一般是中空的竹子，再用细藤把横切或者水平的竹子上下左右地系紧；底部和座位是木板，顶部是柳条做成的，后面和四周用布挡起来，重量不超过 10 英镑。这些柱子都是由弹性很好的木头做成，中心直径大概 3 英寸，从中心往两端不断变小。这些柱子大概 16 英尺长，有一定的弹性，非常方便和舒适。当轿子没人坐的时候，轿夫会把柱子拿出来，把椅子上下颠倒；其中一个轿夫把顶部放在底部，然后扛起来，随轿子一起走，其他人则跟着柱子走。在抬客人的时候，他们迈开大步子，在走上坡的时候，他们的腿迈得很宽，把一只脚慢慢地放在另一只脚前面，这样轿子就可以摇起来，发出的声音像是顶头浪里船的鸣叫声；上坡的时候，坐轿子的人不是很舒服，但对有些人来说，这种感觉并不像晕船。轿夫每天走的路程一般是 20 英里到 25 英里，花费是 1 美元到 1.5 美元。上述的情况一般是较少的费用，但由于轿夫的茶水、蛋糕、米饭和蔬菜都算在乘轿人身上，所以费用多出了半美元。他们是麻烦而吵闹的一代人，开始的时候往往信誓旦旦，结果还没走一半的路程就退缩了。鸦片是他们一时兴奋的主要原因，而对鸦片的渴望使他们后来崩溃，赌博、喝酒以及其他恶习使他们的老板恼羞成怒，也使他们自己穷困潦倒。

　　从事肩扛负重的苦力与轿夫很像，像轿夫一样，他们挣钱困难，花钱容易。每个苦力手上都有一根柱子，大概 6 英尺长，2 英寸宽，由有弹性的木料做成；柱子一边是平的，另一边则是圆的，中间及最厚的部分大概 1 英寸，两端大概半英寸。有时柱子有点弯曲，当水平放置时，打结部是向下，两端则向上；在柱子两端有些短的挂钉，防止挂物品的线向后或向前移动。轿夫随身带着这样的柱子，物品则在两端挂着，有点像英格兰牛车把桶挂在轭的两端，只不过中国苦力的轭是直的，每次负担只能落在他的肩上；轿夫累的时候，他就放下轿子或者把他的负重转移到别人身上。为了便于工作，他们每人都有一个手杖，一端钳有铁头，另一端则有凹槽，和他的肩膀一样宽；手杖放置的时候，铁头的一端在下，凹槽的一端在上；轿子起落在手杖的一端，苦力则可以抽出自己的肩膀休息，只要他认为合适，也可以落在手杖的另一端。抬起轿子后，手杖可以用作杠杆，放在空的另一只肩膀上作为支点；短的一端，也就是稍平的一端在承重杆下面帮助支撑重量，而他自己的手在长的一端即带铁头的一端，是用力的地方。到达站点后，他们把手杖放在柱子下面，使轿子一边落在地上，而另一边靠在墙上或树上，直到轿夫继续前行。这样做的目的是使绳子保持拉伸状态，物品处在适当的位置，轿夫再次抬起轿子时，他们就不需要用太大的劲。

出于同样的理由，轿夫更喜欢抬没人乘坐的轿子，让乘客在他们抬着空轿子的时候上轿子，这样就避免了弯着身体和膝盖起身用力的情况。当轿子在轿夫肩上时，乘客进入轿子有一种技巧，新手很可能不知道，轿夫则可以通过这种方式知道乘轿人是否经常乘轿子。外国人当然得注意这一点，否则他的身份很快就被发现了。当轿夫抬着轿子站立而准备出发的时候，乘客必须把头从柱子中间插进去，脸朝着要前往的道路方向而不是轿子，西方人常常做错这个动作。然后，乘客须把手放在柱子的两边，把一只脚放在踏板上，逐渐起身到恰当的位置，轻轻地坐到轿子里。不要猛烈地跳进轿子里，因为这不仅会让轿夫抱怨他的重量，还会让他们觉得他之前从来没乘坐过中国的轿子。

在结束关于"苦力"及其承重杆的话题之前，我们要谈论他们发明的一种称为"第三只手"的工具。它由一根小竹管安装在承重杆中部组成，目的是为了便于轿夫在雨天放伞，这样他们在抬轿的时候就不会被雨淋或者必须在头上顶个东西。苦力和轿夫通常都配备有油纸伞，用来遮挡日晒和物品或者在雨天防雨防潮。

苦力的负重一般是 110 斤，即 146 磅，所以他们一天可以轻松地走 13 英里或负重穿过山路。如果乘客要求走快点的话，以上重量的一半就会落在轿夫身上，这样他们就得走两倍的路程，结果往往是轿夫累得精疲力竭。

最好的旅行方式

如果有钱的话，在中国陆地旅行的最好方式就是乘轿子，然后把行李分成每份 30 英镑或 40 英镑重的小件，让轿夫在后面抬着并以同样的速度行进，比如说一天走 25 英里。如果行李更重的话，轿夫可能会落后，那么旅行者就得等行李跟上来再赶路。但是，对一个普通旅行者而言，没有必要带太多行李，一个垫子，一条被子，一个枕头，再加两三套内衣就足够了。别的东西可以在镇上买，不需要的时候可以扔掉。擅长旅行的人只需一个忠实的仆人拿行李并作为导游，就可以轻松地游遍中国；因为旅行者的随从越少，他接触的人就越少，他被官府发现的机会也就越少。水路相通的地方，最方便的通行方式是乘船，因为在靠近人口密集和盘查严格的地方时，旅行者可以躲避别人的关注；而在船上，旅行者可以解除约束，在船上自由行走，因为很少人会关注他，骚扰他。在中国的许多地方，人们真的从未想过这世上还有外国人，而且他们看见外国人就像见到魔鬼或者野蛮人一样。

有时候，人们会看见骑着马、驴或者骡的旅行者；但对于外国人来说，绝对不能使用这些交通工具，因为这会让他变得更高大，使他更可疑和突出，而且路上没有备用马匹可以替换，一旦他走完了一段路或者他的马累坏了，他就无法换乘了。独轮手推车是中国人使用且罕见的一种旅行方式，因为路上的许多地方和关卡它都过不去，建议远途旅行的人不要使用这种方式。

必备的语言知识

在中国旅行的人必须懂当地的语言。众所周知，中国许多省份的方言都不一样。但外国人却不知道它们之间惊人的差异程度。几个省份间方言的差异极大，以至于某个省的人到另一个省就听不懂当地的方言，即使在同一个省的不同县、城镇和乡村，方言也不一样。这对旅行来说当然是个障碍，要不是汉语官话的存在，中国方言间的差异简直是个难以克服的障碍。但是，饭馆和茶馆的小二以及旅行者可能接触到的人都会说汉语官话。所以一个人只要懂得官话，他就可以走遍中国18个省，但他应该熟知汉语，并能熟练转换而不出错。一个人即使学习汉语多年，熟读儒家文化和古今作者许多书，甚至能用汉语撰写散文和书籍，他也不一定知道最常见的方言词汇和最熟悉的口头表达。在小吃店所使用的必要的语言，与学术研究的语言有很大区别。但是，如果一个人穿上上文所说的服装，却不能表达自己的吃喝拉撒睡的需求，而且当他解决每天面临的问题时，即便他有困惑，旁观者也不会认为他是特别的个体，外国人除外。作者经历多年的耐心学习，经常发现自己语塞，不会表达某些最常见的用语。这样的日常表达无法从书本中获得，只能来自生活。只有通过频繁地和中国人交流，一个外国人才可以在每天的交往中获取这样的知识，从而使他在中国不被他人监视。

关注肤色

外国旅者必须处理的另外一个情况是防止被中国人监视。中国居民的肤色呈现暗淡的苍白，接近铜色或者橄榄色，有些人的皮肤接近黑色。北方人的皮肤比南方人更光滑，还经常带有南方人不具备的红润。那里很少人具有像英国人那样白皙而红润的皮肤。如果在这样炎热的夏天去旅行，他们的脸很快会被太阳晒黑，然而，连太阳都不能做到的是，他们的肤色很快以同样的方式被影响从而变淡，即中国人从来都不用肥皂洗澡。中国人一天洗几次手和脸，但是他们从不用肥皂。在酒馆和客船甲板上，给请求的客人送来一盆接近滚烫的热水，里面浸着一块看起来很脏的布。这样，当抹布挤干后，用抹布在脸上擦拭一两次，接着水分留在脸上并被蒸干，随后脸上就可能附有脏污。一个陌生人隐姓埋名在中国旅行，其言谈举止当然必须像中国人一样，至少在洗脸这个细节上得小心谨慎，否则外国游客坚持使用肥皂，就会给自身带来被监视的麻烦。然而，很明显，中国人的洗脸方法永远无法彻底地清洁脸部，当不断地重复使用这种方法时，必将掩盖脸部原来自然的肤色，滚烫的热水会使肤色变得病态而苍白，这种情况在中国是可以观察到的。再说，生活在狭小、充满烟草的房间里，油灯很快使面色改变，起初呈现不一样的面部颜色，后来的颜色变得几乎一样。

导　游

在前面的叙述中，更多地暗示着外国人在华旅行需要一个导游。中国本土导游熟知这方面的详细情况，在这样的探险旅途中担任着不可缺少的角色。我很幸运地遇见了一个适合做导游的男子，他兼有勇敢和谨慎的品质。他胆识过人，敢于从事导游业务，还足够睿智地感知可能出现危险的每个细微的表现，并去避免危险的发生。他敢于穿过拥挤的地方，在他的带领下，我们还在每个停顿的地方仔细观察每个人的表情，他已经充分感受到自己可能遇到的危险。然而，在他看来，他愿意为了自己的利益而冒险。他进行导游业务的方式如下所述。在杭州，听说有外籍教师来到新港口，为了看到他们的一些出版物，他下定决心去找熟人介绍，后来他到达上海拜访了我。他的行为举止有些特别，初次访谈的时候，不会感受到他的怪异。他表现出坚强、诚挚、明显的真实，这些都使我对他产生一种不同寻常的兴趣。我抓住机会与他交谈，企图加深对他的了解。我与其未来的旅伴之间很快形成了一段特殊的友谊。他聆听了基督教的教义，他幻想能够找到自己与他们之间的相似处，而且，他对作为精神向导的教条给予极大的尊重。他提及的老师是个非常开明的中国人，他曾经摘录儒家文化的精髓，在他所研究的其他系统里，到达一个至高无上而净化心灵的境界。他简介提到的那位老乡绅已经编纂了大量文章，其中包括很多美好的内容。在这样一个又一个系统中，一个计划已经建立起来，这个计划远远地超过了之后从本土资源中建立起来的任何计划。我们新近结交的朋友想出这样的主意：如果他可以影响那些文章的编辑与传布外国教义的传教士之间的面谈，那么他的想法会得到他们的同意。在中国，带给中国并不具备的类似于精神的、有实验根据之信仰的元素，其他人就会用最适合的语言来修饰这些思想，从而使该思想对现在和未来都有益。然而，他的老师年岁已高，不能外出旅行，那么他能做什么呢？作者提出了一个解决方法，并提议去拜见这位中国的改革者。经过一番考虑，这个提议被大家接受了。大伙儿同意从某个具体日子开始实施这个提议，大家像朋友一样，没有任何私心掺杂其中。那位中国导游看到基督徒的生活习惯和风俗民情后就对福音议题提出很有利的想法。他相信世上只有一位至上神，摩西是神的立法者，耶稣是一位真正的圣人，他为了人类的利益遭受了很多磨难。但是，他对很多重要的议题仍然有很多困惑，他需要学习上帝神谕的基本原则。然而，他属于学校里优秀的人，已经习惯了在深思中凝练自己的思想。因此，我私下认为，如果通过拜访他的住所和门徒而成功的话，我们就可能使事态朝着有利的方向发展，为福音在华中地区传播铺平道路。基于这些原则，我们的旅程在进行，尽管在华中旅行活动本身就违反清廷的政治制度，亦使在华传教士个体暴露，带来诸多不便和风险，然而，我们依赖神的指引，希望完成这次穿越中华腹地的旅行活动而没有任何损失。

　　这样的导游远远胜过那些只为金钱而从事营利性工作的雇员，但在如此导游陪伴下的旅游似乎并不愉快。我被迫完全地屈服于导游导师般的控制下，信任他的一切，抑制自己的意愿和行为方式，使一切在他的控制之下。我们只能这样做，因为如果一个人由于他人的缘故而从自己无私的动机中暴露了自己，那么至少别人能做的事情是研究他的安全和便利，牺牲一切的私人情感和利益，以确保他的朋友不受到伤害。这确实锻炼耐心，允许某人的一举一动都被指导，诸事都受检查，提交给他人来评判。当适当的安排尚未形成的时候，旨在保证事业成功而指导的特赦权，就会从责任和责备中获取。但是，如果官方发现这个可怜的导游带领外国人进入中国，那么这次旅行活动将是最可怕的，而我在此情境下愿意去做任何事来掩护他，不会使以上所有的意见成为毁灭该导游事业和家庭的原因。在一个专制政府的统治下，这样的旅行活动会得到密切的监视。然而，在上帝的庇护下，这样的后果是不会接踵而至的，这样的人不会因为他的仁慈而遭受一次又一次的磨难。

第二章　旅程的开端

1845 年 3 月 27 日。顺着吴淞口往下游，昨晚，我派人去镇上请一名中国理发师，他照顾我躺在船板上。我告诉他我想剃头，并且要编一条发辫盘在我的头上。他似乎对我的要求并不惊讶，没有任何劝阻或者犹豫，就开始剪我的头发，没有最基本的礼节。他带了一些头发来，但是他发现我已经准备好了，就用他手边的那些头发，用很灵巧的方式连接在新梳的辫子（清朝人的发辫）上。他告诉我，尽管此时辫子是绷紧的，但是几天后还是有必要重新编绑。1 美元就可以解决他的困难，而且他承诺保守此秘密。那条辫子缠绕在我头上并且被一顶大帽子盖住，我仍然穿着欧洲人的服装，我坐在船上穿过这条河，大部分人没有猜到我头上的变化。到达上海后，我一直待在船里直到晚上。当我隐藏到船舱里，舱内存放着我事先精心准备的一切必需品，我还更换了服装。在一刻钟后，我的打扮完全改变了，和我一起乘船的同伴被我的模样变化震惊了，他不明白这样的我是怎样上船的。船长和蔼地主动请我上岸去他的船上，于是我开始了我的新的探险。然而，就在此时，一场可怕的雷雨出现了，天空漆黑一团，伸手不见五指，除非有闪电出现，才出现刺眼的光芒，随后出现的阴暗让人更加难挨。雷电以一种可怕的方式咆哮着，大雨倾盆如注。暴风雨肆虐，而船长对这个地方很陌生，即使他可以看到岸边，也不知道我们可以在哪里上岸。当我们到达河边时，我们不知道哪里是岸边哪里是河流，不得不在黑暗中摸索着陆的地方，但这都是徒劳的。最后我们看见岸上有光，于是让其中一个水手去借来一些蜡烛。水手用帽子遮住蜡烛，以免蜡烛熄灭。尽管有大风，他用一些木棍指导迷路的旅行者，到达坚实的岸边地面。我站着环顾周围，很快发现我们着陆的位置，还发现我们借用蜡烛的来源，原来是当地海关的位置，那里的警察我都很了解。他们当时正在值班，然而他们太懒惰了，他们害怕这场暴风雨，以至于根本没有注意门外的情况，我很高

兴可以躲过他们的检察。通过分析来的路线，我很
快发现在这漆黑的暴风雨中，每迈出一步都有摔倒
的危险，我知道路边有很多坑洼，或者掉进坑洼中，
或者走那些很曲折的小路。最后我在一家铁匠铺里
停下来，并且向他们借来灯笼。他们询问我从哪里
来要到哪里去，我重申我想借用一个灯笼的要求。
他们说没有。然后，我向他们要一些蜡烛，1英寸
长，经过再三犹豫和许多怀疑后，他们最终还是给
了我一些蜡烛。有了蜡烛，我继续走路，但是蜡烛
很快就被风吹灭，我又处于刚才糟糕的状态中。然
而，我的视线渐渐地变得清晰，我的面部暴露在路
人的视线中，他们在刺眼的烛光下，更加容易认出
我。我没有留意路上的坎坷，感觉自己离河岸很近，
我很快振作起来，继续赶路。有时候，脚踝被水淹
没，像淋浴一样一直被雨水浸泡得湿透。我偶尔利
用自己可爱的灯笼。当时灯笼是可以随身携带的，
但是这个灯笼的光线有点昏暗，有时候穿过街道或
者进入房间的时候，经常让你觉得你仍处在黑暗中。
幸好，我对这些街道很熟悉，我设法到达与导游约
定见面地点的附近，那是个接近小镇南部的地方。
在这里的巷子转角处，我发现巷子尽头有微弱的光，

就靠近它，我发现那是我忠诚的朋友的身影。他信守诺言，他准时站在约定的地方，尽管那个地方还在滴着水。附近没有别人，因此我们很快相认并没有被他人注意到。我们成为同伴，朝着河边出发，河边停泊着他准备就绪的船。我们立刻上船，我溜进分配给我的船舱间，脱掉身上的湿衣服并用被子盖住自己的身体，很快就睡着了。

　　3月28日。早上起来，我很高兴地发现船已经在航行中，但是由于处在封闭的船舱间，我不能确定船前进的方向。在经过一刻钟的行驶后，船抛锚停下了。我觉得这应该是为了等新闸大桥开闸，或者停下来摸清楚潮水涨起来时，船只能否通过。但是，令我烦恼的是，我听到了船夫的对话，他们说他们只有洋泾浜渡口的通行证，由于水位低，船只得到下午才能过闸，因此，我必须躺在船舱内。因为这个仓间几乎不允许我在船上直立或者坐着，船舱里也不够亮，我不可以看书，只能透过盖在身上的被子看到离我们船只1英尺远的地方。我们在这里被其他船只和舰艇围绕着，刚好我们前面有一个英国商人的账房，我不期望花更多的努力去看到他，因为害怕被别人看见。现在是观察船的内部构造并确定它的尺寸的时候了。我的铺位几乎位于船头，头部朝着一片开放的空间，大约有2英尺长，3英尺宽，船夫偶尔站在船头撑船。我的铺位和这个地方之间的隔板其实是一道小门，乘船的人想要通过这个门，只能爬过去，但是这扇门很少被打开。我铺位后面就是船的中间部分，长8英尺，宽5英尺，这个地方被我的导游和他的生意伙伴占有。他们都知道我的外国人身份。那个空间只够他们白天直坐、晚上并肩躺着；晚上，一个船夫横躺在他们的脚下。一个带有门阀的隔板把船舱中心和船后半部分隔开，那块隔板长度不超过6英尺，宽度不超过5英尺，被隔开的地方是其他船夫睡觉的地方，但是现在他们都是整天站着来撑船的。因此，船的总长度不超过22英尺，最宽的地方有6英尺，朝着两端逐渐变窄，而船舱的最高处只有3英尺高。船顶用草席铺盖着，整个船顶都被覆盖了，中间凸起，周围和边缘低凹。所以，从外面看，船呈现出加长的蛋壳的形状。甲板下面是某种船舱，里面存放着我和同行旅客的6个箱子；船夫向着船尾站着的站台下面是料理的火炉和装备。我们如此被封锁和限制在寂静和黑暗中，我被迫在嘈杂声中度过整个上午，还不能伸展自己的身体，因为害怕自己偶然被发现，从而使整个旅行刚开始就被破坏掉。

　　正午后就涨潮了，我们驶进一条不知名的小溪，小溪只有几码宽（英制中丈量长度单位，1 码 = 3 英尺或 36 英寸，1 码 = 0.9144 米），这是与江苏松江连通的途径之一，是富饶地区通向西部的途径之一。这是一条狭窄的河道，由于这条河道安全、远离暴风雨、可以避免官吏的打扰，相比吴淞江，这条狭窄河道，成为小型船首选的航道。在朝南几英里的黄浦港，更加适合大型的舰船，并且通向西部海域。洋泾浜的入海口很不招人喜欢，岸边站满了长长的乞丐队伍，挤满了装卸肥料的船只。起初，这些无论对眼睛还是鼻子都是非常有刺激性的，在暴雨后发出一种难闻的混杂气味，这似乎是带给路过此处的人们的最大"好处"。最后，通过那条小溪的浅滩后，我们在宽广的运河中某个地方抛锚停泊，这个地方到城镇需要一个小时以内的路程。吃完晚餐后，船夫被我们说服，愿意航行得远一点，而且潮水走势也很顺利，在夜里我们到达了距离上海大约 8 英里的红桥村。这个村庄有一百多间房子，而红桥村只是以前的名字，现在这个村名已被一个呆板的名字取代了。

3月29日，我们一大早就继续行程，行驶三四英里后，到达七宝。这是个相当大的城镇，居住着1万多名居民。在靠近城镇的地方，有一座横跨运河的石桥，石桥只有一个拱门；在桥的一端，还有一座小桥横跨运河分支。街道两旁都是商铺，铺主主要进行一些小型贸易，但同时拥有进行大型贸易的场所，用以交易棉花和谷物。除了一位官阶较低的文官，还有一名副上尉（巴总）和8名士兵驻扎在这里。以前这里有两座庙，一个在城北，一个在城南，寺庙是为了纪念大熊星座那七颗珍贵的星星而建造，城镇的名字也是由此而来的。寺庙离青浦有54华里或者16英里，而离上海仅有12英里。经过青浦后，我们离开了主河道，沿着一条比较狭窄的河道继续行驶，一直到北幹山。这是一座约200英尺高的圆顶山。在山顶上曾经有座为了纪念一位将军而建造的庙宇，传说这位将军曾为了测试他的剑而把一块岩石砍成了两半。当地人炫耀，那块被砍成两半的岩石被堆放在山后边，岩石的两部分在形状上很相像，看得出来，它们曾经是一块岩石，后来被劈成了两块。由此，这块石头被称之为试剑石。

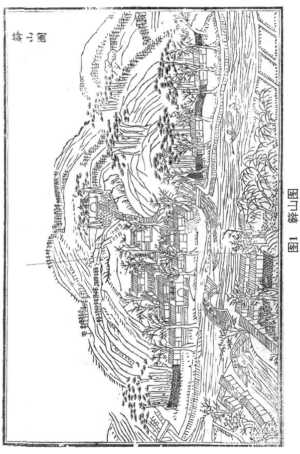

图1　楚山图

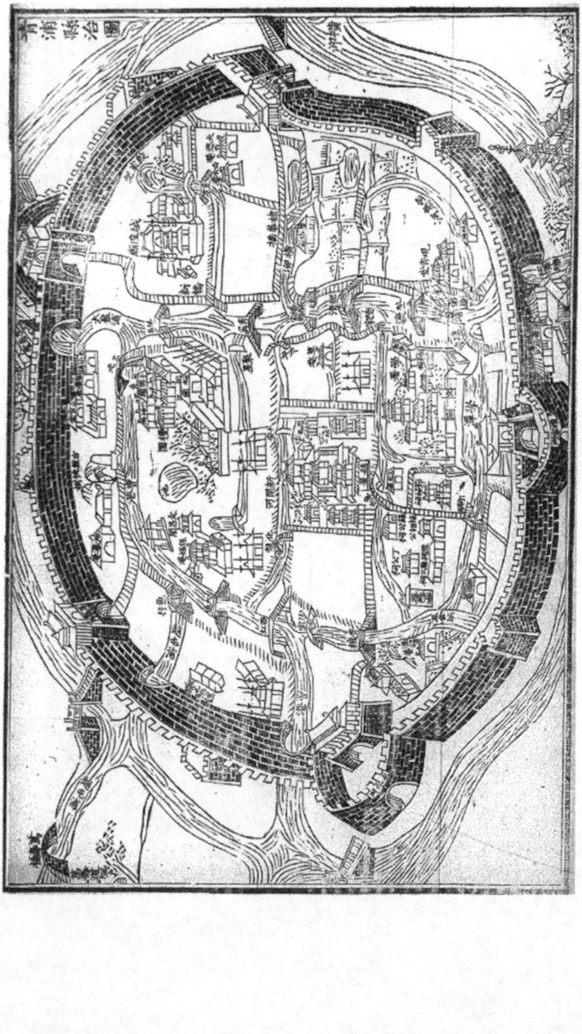

图2 青浦县志图

图3 青黢书院图

他们也炫耀说，另一块石头上的凹痕是那位将军暴怒时踩踏而成的。然而，现在那座庙已经被毁掉了，只留有地基。山脚有一个小村庄，人们在那里进行一些小宗货物的交易。在山上视野开阔，往南看，可以看得见青浦城内小部分的塔显现在山脉中和松江旁边；往北看，可以看得见青龙塔，似乎也可以看见青浦古城的遗迹；往西看，可以看见青浦现代的部分城池和高耸的塔林。

离开这个有趣的地方，我们前往青浦并且在晚上到达这座县城。青浦城建造于距今约 250 年前的明朝，但是它已显现衰败的迹象。城墙大约为 2 英里长、23 英尺高，有 1725 个炮眼和 7 个堡垒。这座城池有 5 个门和 4 个水闸口，其中 3 个门设有半月形的堡垒和双出口。此外，还有宽 30 英尺、深 10 英尺的护城河围绕在城墙周边。炮眼嵌在墙体里，部分被毁了，但最近已被修复好。在城北有座大桥，已经坍塌了一段时间，但人们似乎并没有足够的钱和精力去修复它。然而，大量的钱不时会用在城市修路上，比如铺设狭窄的街道、各种桥梁、寺庙、办公场所与凯旋拱门等。这些费用的大部分来自私人资助，并且花费在居民身上，以此来使居民的生活更舒适、更安全。在城墙外，在东南角有一个 7 层高的宝塔，大约在 100 年前建造，在塔顶上可以看见邻近的山和湖。但是现在塔的阶梯因缺乏维护而毁坏，人们难以爬上去享受美景。这个塔的草图，由一位中国人所绘，已附在文中。

在城镇旁边是一个寺庙，里面摆放着孔夫子用过的旧衣物和饰品，据说这些是一个农民在自己的田里挖出来的。不知从何时起，当地人以这些遗物为荣，仿佛他们也师从这位圣人。据悉，有一个人在那个庙里过夜时做了个梦，说他在这个梦里比在其他所有文字注释中都更能理解孔子作品的真谛。然而，孔夫子这一生从没有来过青浦，他死了以后被葬在往北距此大约 1000 里的山东。

3 月 30 日，星期天。我们的船继续航行且有别人也上了船。我不得不与他们一起行动。但我也能在船上找到安静的时刻来读经文。当追寻着这神圣文字进行虔诚地祷告时，我很欣慰地看到随行者们也在做这件事情。我们从靠近塔脚且绕着城南蜿蜒的河道上离开青浦。离开后，我们沿着一条叫漕巷的运河继续航行，4 英里后，到达一个叫朱家阁的地方。我们越接近那个镇，运河渐渐变宽，我们进入了一片大水域。在运河的远处是一座很高的桥，有 5 个拱形，且在南侧有约 3 层楼高的桥亭。亭子往南的方向就是前文所提到的朱家阁镇。这个镇有一万到两万的居民，而且靠近泖湖的边界，刚好处在苏州和松江府之间，是一个贸易重地。朱家阁的繁盛从明朝开始，由一个姓吕的人建造，一直发展到如今这个规模。靠近朱家阁的那座桥是最突出的建筑，中间的桥拱很高，两边的桥拱从中间到两边逐渐变小，因而那座桥的外形就接近一座小山丘，走在上面能欣赏到周边村落的美景。

大约在中午，我们经过一个叫不出名字的村子，中间还经过了几个湖泊或同一个湖泊的几个分支，都由一个窄运河连接着。这片水域大约有两英里宽，因为这种特殊的构成，这湖泊被命名为连湖，或者连接的池塘，向北延伸至薛澱湖，向南延伸至泖湖。在泖湖的中间是一个岛，岛上有一座塔，即便在很远的地方也能看到这个塔。据中国历史记载，连湖源于昆山地区长泖的一部分。在秦始皇时期（公元前 246 年），秦始皇就是焚书坑儒的那位皇帝，该地方十分繁荣。但是在接近汉朝的时候（公元 190 年），该地区在一次地震中被掩盖，变成了一个湖。

人们说在天气晴朗、万里无云的时候，人们能看到
在湖底老城的房子和街道。也有人说在明朝万历皇帝
统治时期（公元1573年），当现在的青浦市建造的时
候，当地的老住户告诉该地区官员水下城市的存在，
然后官员命令他们潜入水里捞回大量原来的材料，用
以建造现在的城市。在湖的中间有一个岛，岛上有一
座叫潮音阁的塔，据说这座塔曾经是古城的中心。

　　当天大约下午三点时，我们经过一个叫生塔的
小村。到了晚上，我们到达名字为三百浪（即300
个浪花）的湖。穿过这个湖后，我们在一个小水道
上抛锚过夜，就在船夫茅屋的对面。他们的孩子和
侄子从远处看到船，为他们的到来而高兴地欢呼，
在他们着陆时围着他们欢叫，带着欢喜跳来跳去，
船夫也高兴地看着他们。孩子们的表情显示出这个
家庭的健康和快乐，但是他们胖嘟嘟的小脸上粘着
尘土看起来很脏，很难看出他们的脸庞原来的颜色。
每当我遇见他们，我很惊奇那些女人和孩子在我经
过时几乎不关注我，而在这种情况下我应该有点失
望。我经过的时候，他们几乎不看我，即便看了，
也不想看我第二眼。这让我觉得有点奇怪，我和其
他外国人一样已经习惯了被注视，在上海时我穿着

自己国家的服装走在路上，会被中国人盯着，走到哪里都会被跟着。但是穿着中国服装，人们似乎没有想到我有什么特别，就这样把我当成其他中国人一样从我身边经过，就像在这一区域常见的人一样。我们这些天行驶了大约50里，即15英里，我很高兴在晚上的时候可以离开船登上岸，在附近散会儿步。

　　3月31日。这天早晨我们继续航行，穿过两到三个湖泊后，到了一个叫平望的地方，那里住着几千户居民。在这个镇上，我们注意到一个写着十诫的庙，十诫即十条戒律，然而这十诫并不涉及摩西，而是佛祖的十条禁令，即反对：（1）杀生，（2）偷盗，（3）邪淫，（4）妄语，（5）争执，（6）抱怨，（7）闲谈，（8）贪婪，（9）妒忌，（10）离经叛道。平望镇位于青浦西南方向的地方，有80里或者22英里。我们迄今一直航行的水路通道在这里汇入了京杭大运河，运河的航向是西北向东南，被结实的堤坝保护着，只留下一个大约30英尺宽的通路，河水以相当快的速度通过这个口冲向东北方向，这个开口上横跨着一座由块状花岗石建造的平坦的桥，从一个拱壁连接到另外一个。穿过这座桥对我们来说有点

困难，但是当我们到达目的地，被眼前呈现的美景
所吸引。在东边是一个堤道，桥在堤道中间，刚刚
提到的庙在北端，沿着湖的北面看下去是一长排码
头，人来人往十分繁忙；往南看，在湖的中心有一
个岛，在那之上建造着一个优雅的亭子，叫做湖心
亭，或者说是在湖中心的庙宇；在西边是一个开阔
乡村，我们打算穿过它去旅行。从我们离开青浦至
今，全部田地几乎都种满了深黄色的景物，中国人
种植这些是为了得到它的种子，用种子榨出来的油
来点灯和烹饪。这片土地低洼且潮湿，高度不超过
海平面两尺。那些深黄色的植物正在花季，整个乡
村呈现出一片黄色的景象，就像用金子覆盖了一样。
地面如此低洼，只是比海平面高出一点，如果发生
洪灾，数以千计英亩的田地必会被淹没，许多人会
失去家宅和财产。

　　沿着运河，跨过湖面，湖水不过 8 英尺深，为
了让土地更肥沃，许多人被雇佣来养泥。我们也可
以看到许多船都养有鸬鹚，每艘船上有 20 只左右，
只要一接收到指令，鸬鹚便会潜入水中捕鱼。渔民
们用长竹竿敲打水面，为了让鸬鹚能够更频繁地捕
鱼。当一个鸬鹚抓捕了一只鱼之后，它就会利用竹

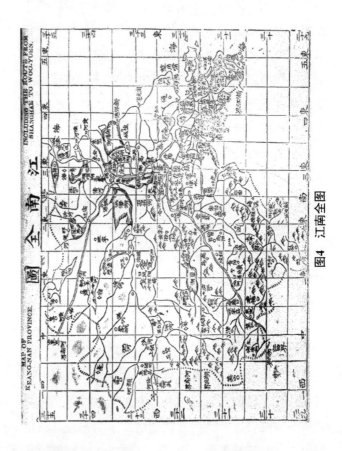

图4　江南全图

竿重新回到船上，它的脖子有一个环或绳绕着，避免它吞食猎物。鸬鹚必须把鱼吐出来，然后再回到水里，捕鱼就这样持续进行，直到渔民满意为止。当解开鸬鹚脖子上的绳子后，它们才能吃鱼来犒赏自己。据说一只好的鸬鹚有时会带回来一条比自己更大更重的鱼，而其他的鸬鹚则会协助它上船。随后，它们会安静地坐在船边，只吃渔夫给的鱼，并不会擅自吃其他的鱼。

在今日的聊天过程中，导游用有趣的口吻（至少中国人这么觉得）跟我们说了个古老的故事。他说，起先，孔子、老子和佛祖，中国三大宗教派系的始祖在仙境中一起聊关于哪一派教义可以流传于世的问题，并且提出降落在凡间，看是否会碰到志同道合者，可以唤醒整个时代。在凡间游山玩水了几日后，他们经过村镇和乡间，最后来到了一个人迹罕至的荒凉之地。这三位圣人在长途跋涉后疲惫不堪，欲寻水源来解渴。当他们无意间发现一个喷泉时，却看到有位老人在守着。他们想问老人要一点水喝，也寻思着到底让谁来开口比较好。其他两位圣人说佛祖，你的僧侣们习惯于化缘，你是最好的人选。于是佛祖上前询问，老人问：你是谁？佛祖答曰：是我，我是西方的释迦牟尼。噢，你就是万人景仰的佛祖，我听说了很多有关你的故事，你是个好人，我不能拒绝给你水。但是你必须回答我一个问题，如果你可以答出，水就任你喝，但如果答不出，那你就得空手而返。佛祖问：是什么呢？老人答曰：信佛的人一直强调众生平等，也不承认人有高下之分，那为什么在你的寺院里有方丈、大僧、小僧之分？佛祖无法回答，就退了回去。圣人们随后派了老子上前，老人同样问：你是谁？老子回道：我是老子。噢！你就是道教的开山鼻祖，我听说了很多你的好话，但你必须回答我一个问题，否则也拿不到水。老子问：是什么呢？老人答曰：你们道教认为不朽是存在的，你是不朽吗？老子答：我就是不朽的化身。老人追问：那既然如此，你为什么不把它分给你自己的父亲一些，别让他过世？老子无法回答，只好退回，并跟孔子说，你试试看你的能力，我对这个老人实在没办法了。孔子随后上前，老人先问了同样的问题：你是谁？孔子答曰：我是鲁国的孔仲尼。噢！你是万人景仰的孔子，中国的圣人，我也听过不少你说过的有关孝的语句，为什么你没有付诸行动？比如，你说：父母在，不远游，游必有方。那你为什么现在在远游呢？孔子无法回答并退回。在三位圣人与老人问答结束后，他们一致同意这个老人是非常有智慧的，三人再也找不到比老人更能把重振他们教义并把教义传播到世界的人了。他们随后找到老人，问他肯不肯担此重任。老人却微笑地回答：看来你们并不知道我是谁。我的上半身是血肉之躯，但我的下半身是石头。我可以谈论美德，但我无法实践它。至此圣人们发现这是所有人类身上的弱点，觉得无法改变世界，于是返回仙境。

经过平望，我们坐船来到了大运河的一支，河水东西走向，且我们看到河岸上有几棵桑树。但是这些树还是树苗，只有 3 英尺高，刚刚萌芽。这些树种在水稻田之间，在溪流的边界，整个乡村都被其他的种植物覆盖。

下午时分，我们看到两座山，向西北方向绵延约 10 英里，这两座山分别是洞庭山的东西两侧，坐落在太湖之上。最西边的山大约有 700 英尺高，陡峭险峻，且多洞穴，于是得名 "多洞山"。它也被称为包山，因为它环绕着湖水。其最深的洞穴可以一直穿过湖底，并延伸到地表以下，即地脉处，也是地球的主动脉。它由森林所覆盖，且环绕着寺庙，传来阵阵敲钟和吟诵声。山上有多个峰，爬上最高峰就能看到环湖美景，还有形态各异的小岛，远处的山脉自东南向西南延伸。喜欢诗情画意美景的同游者指出了这附近的寺庙、小径、山丘、悬崖、幽谷等，这片土地没有野兽袭击，葱郁的陡坡上是整片整片的柑橘林。最东边的山被称为莫釐（同"厘"，现在叫莫厘山。——译注），从总的环境看上去，这座山一直都在此处，它比西边的山更小些，但许多点与之相似。山上有一营地，是由一位少将军官安扎的，管理湖水附近的军队。有位同行的母亲说道，没来过洞庭山就不知道什么是山峰峻水湖美。

我们经过运河的时候，看到许多运送木材和竹子的筏，其中一个筏看上去装了成百上千支竹子，且都有大概 1/3 英里这么长，掌舵人看上去十分熟知通往苏州、杭州及其他人口较多的地方，因为那些地方需要较多这样的搭建材料。

下午时分，我们经过了一个叫梅堰的地方，那里也有一小部分军队驻扎。

接近傍晚时分，一副美景骤然展现在我们眼前。一个华美的亭子，大概三层楼高，大理石基底，四

图5　浙江全图

角攒尖的顶，在宽广的运河中间挺立着，在安静的水面上撒下了它长长的倒影。亭子的底部是四方形，大概有 50 英寸宽，亭子立在石板地上，大概 50 英尺高，有着精美涂漆的门窗。它有着美轮美奂的墙和弯曲的檐，每一角都弯成一个曲线，檐上的每个瓦其实都是斑驳的瓷。这个让人叹为观止的建筑是慈云禅司，意为"能让人在云朵间沉思的厅堂"。它建于宋朝，在明朝被修复，康熙二十年（1681 年）间重建。

亭子后面是座塔，约 6 层楼高，最上面的塔尖像个皇冠一样，十分优雅且维护得很好。塔脚下，是个村镇，叫震泽镇，约有十万居民。这个地方的名字意思是"多水之镇"，一听就知道是在太湖附近不过 5 英里的地方。这里有行政官员驻扎，官衔为巡检司，即检察官的意思。镇上的四个角是四支军队驻扎的营地，且能看到许多大的商铺，可以买到米和油。这里的房子看上去较为简陋。一个建筑看上去有约 3 层楼高，但却不是垂直而立，肯定会倒，且本不应与其他的房子靠得太近。我们在自己的船上，在这个镇子的中心过了一晚，夜间却睡不安稳，耳边时时传来看守的摇铃声。我们今天走了大概 80 里，即 24 英里。

4月1日。我们一早就出发，走了约15里或20里后，差不多5英里的路程。我们穿过江苏省边界，到了浙江省，接近南浔镇。这个镇在湖州的西边约72里或22英里的地方，面积较大，差不多2英里长，有两个较大的石拱桥，拱形高度大概有25英寸，且桥有15英寸宽，由牢固的红砂石与石灰岩混合材料构建而成。我们看到这个地方，有不少的船都载着桑树，且都是一捆一捆的，连着根和全部树枝，主要用于售卖，是为了能让大家更多地种植桑树。在运河的两边，有许多木材围场，里面主要是些短小的树，可以用于构建较小的中式房屋而非大宅子。这个镇子的市场，供应各类商品，且交易兴旺。在元朝的时候，这个镇子四周环绕城墙，在下一个朝代宋朝的时候，墙被拆了以供应苏州的城墙保护。我们仍可追溯到古南浔镇的遗迹，古南浔镇的地图，就如从前一样，立在隔壁的寺庙里。我们经过了这个镇子之后的二三英里处，看到了河岸两边种植的桑树更加繁密，并覆盖了隔壁的乡镇。这些桑树比我们之前看到的年份更加久远一些，都已经长到了10英尺高，根部周长约1英尺。当地平面稍微高些时，在水平面至少6英尺的地方，这些桑树经常被修建，为了满足将要进行的养蚕而做着准备。

早上我们看到，有艘船与我们向一方向驶过，这艘船上挂了一面旗，上面写有"浙江省粮食部门监督"字样。过了一会儿，我们又看到了两艘船，上面也挂着旗，写着"湖广省沔阳地区的大法官"的字样。看到这些船，我就寻思这些官员肯定就在这些挂了旗子的船上，然后就开始想，他们行驶的方向不对，这些人为什么去湖广或浙江？我随后发现，对于当地渔民而言，求得一面带着字的旗子挂在船上并非是件罕见的事，因为这毕竟能提高他们渔船的地位。同样地，镇子里的许多穷人也提着写有高级官员名字的灯笼，为的就是可以让他们免于受到无礼警察的骚扰，并且能让大家相信，他们和高级官员之间是有联系的。

晌午时分，我们经过了运河一条较大的分支。河水向南流，有可能流入杭州，构成其与湖州之间主要的交通枢纽。再走远些，我们穿过一座桥，桥体年久失修，我们走在下面感觉桥随时会塌下来。再向前，我们看到四座小山，两两分布在运河的两边。它们出现在我们的眼前，就像守卫着湖州一样，它们的名字分别是升山、蜀山、毘山、孺山。太湖的西北边是大小雷山，西南边能看见一座高山，山上有两座高塔或石柱。船夫告诉我们，再往前去，当我们走近这些山后，就能看到湖州了。这个说法是对的，因为我们走近这座高塔山后，就看到了湖州的旗帜了。自我们离开上海后，我就特别留意这些山，因为除了在青浦看到几座山外，及围绕在洞庭湖和太湖周围的山外，我们基本很少看到一座山，但是现在我们准备走进山间，将被高山环绕，我们对山群的雄美壮观既欣喜若狂又心生敬畏。而且刚一路上也很少看到石头，都是大片大片的泥地，没有一块石头，但我们现在马上要接近一个让地理学家感兴趣的山群区域，充满了大自然的奇迹。

我们在山底行走期间，经常看到当地村民雇人从湖底或运河底下挖泥，为稻田施肥。在离开此地之前，我想描述一下这个过程。他们用两个稍弯曲的篮子，直径约 2 英尺，尺寸互相匹配，就像是贝壳的两瓣，两个篮子分别绑在两根竹竿的底端；两根竹竿一起穿过一个轴点装置，这个装置距离篮子 1 英尺左右，且距离另一端 10 英尺或 12 英尺左右。工人站在船上，向下推动装置，就像我们看到的老

式的夹糖镊子一样，篮子跟着向下，进入水中。村
民拿着两个竹竿的另外两端，朝他们身体的这端，
像镊子一样的打开开口，直到把两个篮子都推到泥
里面。然后通过合起竹竿顶部的两端，把两个篮子
重合在一起，再拉紧装置，这样就把泥给捞了出来。
装完一篮子泥之后，再继续重复，直到整艘船装完
为止，或工作时长到了为止。值得一看的是，工人
们在已知水域里省力，并支撑他们的身体，直到篮
子快要到水面时才用力。在从湖底把泥运起来的过
程中，他们几乎很少出力，直到差不多快到水面的
时候，需要把泥运到船舷时才开始用力。我一直描
述这样的操作是因为有成百上千的人都在干这件事，
也因为这对中国农业十分重要。有了一船的泥之后，
村民就继续回到位于河流附近的田里，在岸边挖一
个洞，然后把泥放进去。这个洞要比土地低，他们
用一个篮子，两边系上绳子，两个人在泥洞旁一人
拿一条绳子，交替松开和拉紧绳子，同时一抖，就
把泥扔到了田里的洞中。这个劳作通常是由男人的
老婆或女儿协助完成，因为在中国，女人一向不会
顾忌参与到这些甚至最脏的工作中，这只是多种生
存方式的一种。

第三章　湖州的桑蚕业

湖州市

接近湖州，我们看到许多装载谷物的船只，这些是给皇帝的贡品，并准备运送到京城。船只停泊在运河两岸，有时候会靠得比较近，只在两船间留下较小的空间以便其他船只通过。这些装载谷物的船只比我之前看过的船都要大且比较新，有些船只被涂上华丽的图案。水手的数量很多，看上去比较傲慢和懒惰。在一些装谷物的船上，我们看到把米放到船上的过程。一只滑轮吊在桅杆上，有根绳子从其中穿过。为了抬起一袋米，通常需要 12 个人一起用力，即便如此，也需要大家吆喝着使劲才能够把米运上船。其他人则负责把米袋钩到滑轮上，有些人则需要把它们收起来或在米袋上写下数字，这个工作一个人即可轻松完成。我很高兴地看到水手们把船只保持得很干净，因为每个船员都有自己的私心，所以甲板上全是鸟啊、狗啊还有其他动物，也许到了北京就可以马上卖了换钱。这些运送谷物的船只沿着运河排列，有 1 英里左右的长度，不少于 500 只。这些船还必须停留在离城市几英里外的河道里，主要是因为水手们易争吵的性格以及运河比较狭窄，让它们全过来了，肯定会影响城里的生意。

傍晚时分，我们到了湖州，因为天色较晚，我无法欣赏其美景。城墙看上去都维护得挺好，大概有 25 英尺高，20 英尺厚。运河经过城市，并流经城墙，因而设立了一道水门，水门是一个造型良好的拱门，至少有 20 英尺高。经过这道水门时，我们被一位老人拦下来，向我们要钱。因为天色已晚，我们就给了他 5 元钱纸币，但他却嗤之以鼻，说至少需要 15 元才行。但是只给了他 10 元，他也就满意了，打开了门，让我们进去。进城后，我们看到里面的运河比外面的更宽，有很多船坞来来去去，运河的两岸是一家家商店和粮仓，让这个城市看上去像一个人口多且商业化的地方。在城市中心，我们看到一座有三个拱圆的大桥，中间那个圆大概有 55 英尺宽，其他两个也差不多这么大。桥面几乎是水平的，并没有像中国其他桥那样有较高的坡度。这个桥的名字是拔牙桥，也就是沉默的意思。每个中国人过桥的时候，都觉得需要紧紧地咬住牙关，主要是出于迷信，而非遵循公共秩序。湖州这里有许多塔，也有许多庙，但因为夜已深，我们没办法好好欣赏。当经过知府的时候，我们把船停在了其他船只中间，靠近一个集市，随着周边声音的慢慢减弱，我们也渐入梦乡。

在公元前 2205 年，禹时期的时候，湖州也称作扬州。在夏朝的时候，它属于防风国。在周朝的时候，它属于吴、越、楚三国。在焚书坑儒、一统中国的秦始皇时代，这个地方又被称为会稽。在三国时期，它属于吴国。在唐朝，它才被叫做湖州，虽然几经更名，但自那以后，湖州这个名字就被保留下来。

湖州坐落在太湖的南边，因而得名。这个湖与其他的小河都与运河连接，在水的滋润下，这里的土壤十分富饶，并且河流成为与其他地区联系的方便渠道，因此既富裕又重要。它属于浙江省，该地区从东到西约190里（约58英里），从南到北约138里（或42英里）。湖州的东边是苏州，相隔210里。湖州的西边是广德州，相隔130里。湖州之南是杭州，相隔120里。湖州之北是太湖的小雷山，相距约38里。从湖州到北京，大概的距离是3700里。

湖州原来是乌程，而乌程则是著名的项羽封王的地方，项王繁盛的时期正好是在耶稣诞生时期。根据记载，晋朝的郭璞想要把他的王位移到东边，但他女儿熟知风水，劝阻了他，就是因为这里有历史遗迹，且认为在该遗迹上构建的城市得以永存。在武德四年（621年）时，李孝恭构建了湖州，约24里。元朝的时候，因为城市边界被认为过宽，就缩减到13.5里。唐朝时期，城门有9个，但在元朝时被缩减到了6个。

大运河的一个分支就在城市的中心，流经靠近东门的一个拱圆，从靠近西门的一个相似大小的拱圆流出。在城墙之间的空隙有大量的水交互流过，且被尊贵的桥分成了多个部分。水流之间随处可见岛屿，岛上有庙和塔。最高的塔叫做飞英，坐落在城市的北边。长官的官邸处在中心，而西边和东边则是区域督察的住所。

　　湖州是中国养蚕的主要地方，从一定程度而言，养蚕被视为一个重要产业。最好不过的就是我可以根据该省财务秘书最近发布的信息，提供一些有关丝绸文化的一些精髓，这些信息主要是鼓励和指导当地居民如何扩展和提高丝绸文化。

桑树的种类

　　桑树是养蚕最重要的先决条件，后者和前者都必须被关注。有两种桑树，一种是鲁国的，主要长在北方；一种是荆国的，主要长在南方，前者的叶子较大，但没什么果实，且根部较硬；后者的叶子较小，果实很多，却是一个更硬的植物。桑树的树苗多是来自南方的种，且最好的方式就是先种南方的，再把北方的树嫁接上去。当树根长得较硬时，叶子就很多。

嫁接桑树的方法

　　找不同的 3 英寸或更长的北方桑树的树枝，然后把他们斜着剪裁，就像马掌的形状，差不多 1 英寸或更长些，然后迅速地插进南方桑树的树皮里。然后把它们捆绑在一起，并用土壤把这个部分掩盖起来。但是这个作法只能在一个合适的季节进行，且必须由专业的巧手来进行，必须绑紧，并且固定的土壤要厚。最好选在春分前后，天气好，且在长芽的时候，只能留一个，这样到秋天的时候就能变成一株桑树苗了。[1]

桑树的移栽和修剪

移栽树苗时，每株间距须超过 5 英尺（约 1.5 米），两排的树坑必须错开不能相对，就像汉字"品"那样呈现出三角形。接下来的 2 月，天气晴朗温和时分，在距离地面 2 英尺（约 0.6 米）处，剪去植物的顶部。当树苗发芽时，摘去所有的嫩芽，只留下两个继续生长的新芽，它们会在晚秋季节长成约 5 英尺到 6 英尺（1.5 米—1.8 米）长的枝条。在来年的 2 月，从距离树干 1 英尺（0.3 米）左右

---

[1] 鲁是山东古称，荆是湖北旧称。所以我们把前面一个称为北方桑树种类，而后面那个称为南方桑树种类。

的地方，剪断这两根树枝，因而桑树呈现出字母"Y"的形状；每个树枝的顶端仍像先前那样只留下两个新芽，余下除去。再过一年，按此方法再修剪新的树枝，其长度为 1 英尺左右；然后继续修剪，保留，一次又一次，树枝数量会继续双倍增加。五六年后，在入夏时分，就可以开始采摘嫩枝和桑叶喂蚕了。经过数年这样的修剪，就将桑树培养成母枝顶端膨大的拳式树形，它由 16 个到 17 个球形或者说拳形枝叶簇组成，拳桑由此得名。在比较大的球形上，留下三四个树枝；在接下来的初夏季时分，可以从球形部分剪下细枝和桑叶来喂蚕。这样做，一方面是为了节省劳力，另一方面，可以把阻碍通风的倒挂树枝去掉，以免树叶受到雨水或者湿气的侵袭后受潮；不久之后，桑叶就变得干燥，没有潮气，这时就可以采摘下来喂蚕了。

修剪桑树细枝的方式

削剪桑树细枝时，必须将中心枝剪掉，否则树枝就会向四面八方生长。四种树枝是必须要剪掉的：第一种，沥水条，类似滴水状态的树枝，或者往下垂的树枝；第二种，刺身条，自我穿刺的树枝，或者往里长的树枝；第三种，骈枝条，两根树枝，或者簇拥在一起生长的树枝，必须在这些树枝中选一根；第四种，冗脞条，又短又粗的树枝，或者簇拥在一起长得厚实的树枝，除去它们，桑树才能以正确的形状生长。

剪去桑叶树枝后，在靠近树根的位置，小心地松土，再用溶于热水的油饼渣覆盖在树根上，每棵树浇一杯或更多。再长出的新芽叫梅条，意为嫩芽；这些嫩芽到秋季会长成 8 英尺（2.4 米）长的树枝。冬季要给桑树根部施盖厚厚的粪便和肥土，这样，在接下来的一年，茂密的枝叶就会翻倍。

蚕性概述

阳是自然界优势原则。蚕属阳，喜火厌水，只吃不喝，天生喜欢安静，讨厌嘈杂；它们还喜欢温暖，厌恶潮湿。在蚕卵的阶段，应将它们放在十分凉爽的地方；一旦孵化出来，则必须在非常温暖的地方进行饲养，因为从第一次休眠中苏醒过来，它们需要温暖；但大眠之后，寒冷成了必要条件，随着年龄的增长，饲养环境的温度必须逐渐提高；当吐丝时，必须将它们放在极其温暖的地方。

饲养桑蚕必须做到三齐：一齐产卵，一齐孵化，一齐吐丝。还必须做到五宜：开始休眠时，宜放在干燥黑暗的地方；眠起后，宜有光照；开始进食时，宜有大量的桑叶且饲养速度要快；再次眠起后，宜避风和用少量的桑叶进行慢速饲养。

饲养桑蚕还必须做到七忌：从它们孵化出来到成熟期间，忌烟雾；忌发酵汁液、醋以及其他具有刺激气味的饮品；忌麝香，油味；喂养时，忌用潮湿的桑叶；也忌热桑叶；忌人们在附近用研钵捣东西；忌服丧的人和孕妇。擅长养蚕的人会刻意让幼蚕在 4 月中旬孵出，这样仅需 27 天幼蚕就会成熟，而且很少生病，食量少，却能吐出最多的<u>丝</u>。

浴种生蚁

搜集蚕卵的工具叫连板；蚕卵源自蚕茧，即出茧后的雌蛾交尾后在连板上产卵。4 月初，将连板置于清水中浸泡 15 分钟，然后取出来；这就叫浴蚕，即给蚕洗澡；接着在通风的地方摊开，直到晾干为止；此后依次用纸和棉布裹起来，置于洁净宁静之地储存。7 天之后，将其取出，进行观察；当发现它们的颜色变为青豆色时，就必须每天观察。如果有三四只蚁蚕抢先破茧而出，就需要用羽毛轻轻将它们除去，因为它们是无用之幼蚕。这些幼蚕叫做行马蚁，即长得很快的幼蚕，如果留下它们，就会让统一孵化出来的蚁蚕的年龄不一致。当有大概 1/3 的蚁蚕破茧而出时，还用之前所述的方法将它们包裹起来；因为一天不喂它们桑叶并没有多大关系。第二天，取出连板，在温暖之地摊开，这时蚁蚕会一起破茧而出。大部分蚁蚕大概在早上 10 点到 12 点期间破茧而出。

除去连板中的下蚁

当蚁（幼蚕）一同破茧而出后，就要将切成细丝的桑叶撒在连板的表层；等看到有蚁蚕爬到这些桑叶上时，就小心翼翼地用蚕箸（相当于取蚕镊子）将它们拎起来，放在另一个地方；任何情况下，都不能使用鹅毛将它们扫出，因为这会伤害蚁蚕。如果仍有一些蚁蚕没有一起破茧而出，就再次按上面

所述将连板包裹起来，次日再取出来；但要将最后
一批破茧而出的蚁蚕单独放在一边。在任何情况下
都不能将它们与之前孵化好的蚁蚕放在一起，以免
蚕的年龄参差不齐。将这些从连板上移除的蚁蚕，
均匀摊开，既不能间隔太远，又不能太拥挤。只能
从连板上移除两次蚁蚕；如果两次之后，连板中还
有没孵出的蚕卵，就要将这些蚕卵弃之，因为它们
是体弱多病的蚕卵，喂养它们毫无用处。

　　所有黑色蚁蚕破茧而出后，将它们与连板放在
一起称重，记下准确的重量；之后再称连板的重量，
这样你就能算出蚁蚕的确切重量。每盎司（28.35
克）蚁蚕可收获 150—160 盎司（4252.5—4536 克）
蚕丝，每盎司（28.35 克）蚁蚕大概吃 20 担桑叶
（每担 133 磅）。这样，你应能称出饲养蚁蚕的桑叶
重量，注意不要过量。

饲　蚕

　　首次喂蚕时，必须从桑树外部选取优质桑叶，
用锐利的小刀割下；每次割完桑叶之后，记得要洗
手；24 小时内，要换 5—6 次桑叶，一批桑叶吃完之

后，要添加另一批；桑叶不能铺得太厚，要以常规方式摊开；喂食桑叶时，将蚁蚕置于帘内，保护它们免受风寒。将放置丝蚕的托盘，放在多层的小型丝蚕架上，架子每层之间的空间必须适中，能让丝蚕感到暖和为宜；在任何情况下，都不能将各个托盘摞在一起，以免丝蚕受潮，进而生病。

养丝蚕，保持恒温很有必要；温度太低，丝蚕达最佳状态所花时间就长；温度太高，丝蚕就会干燥皱缩。气候寒冷时，不要突然提高饲蚕室的温度，而要慢慢升温；忽略了这个防护措施，丝蚕就会出现黄色病症，变得虚弱。同样，天气炎热，不要突然让冷风进来，而是要慢慢打开窗户；忽略了这个步骤，丝蚕就会变白，进而死亡。天热时分，要是温度骤降，蚕会拒绝进食；这种情况下，必须立即给它们保暖，烧起温火，温度提高后，丝蚕的胃口就会恢复。气候阴冷多雨时，要先在蚕室里生一小撮火，然后给丝蚕喂食桑叶，这能预防生病。应在清晨时分或者黄昏后采集桑叶，因为丝蚕既怕湿又怕热。蚕吃了湿的桑叶，就会拉肚子，变白甚至死亡；吃了热的桑叶，就会便秘，头会变大，尾巴会变小。要是吃太多，就难以达到成熟期，难以结茧。

断饲促睡

对于那些仍未处于休眠状态的蚕，加快它们进入休眠状态的时间很有必要：为达到这个目的，当看到 1/3 或者 1/2 的蚕呈现出微黄色时，就要减少饲蚕桑叶的数量。桑叶要比以往切得更细，并增加喂养桑叶的次数。2/3 的蚕变黄时，就应减少 2/3 的桑叶，而且把桑叶要切得更细，喂养次数要更加频繁。当绝大多数的蚕都进入休眠状态后，就应扔掉那些还没有进入休眠状态的灰白色的蚕，这是一些不正常的病蚕。轻轻捡起沉睡中的蚕，将它们放在安静的地方，这时它们会停止进食。之后，慢慢等待，当它们全部苏醒过来时，才可以给它们喂食；如果 8/10 或 9/10 的蚕苏醒过来时，就立即给它们喂食，那样它们达到成熟期的时间就大体相同。然而，让这些蚕苏醒的时间稍微长一些，并不会伤害它们：其一，它们的嘴巴已适应进食，能更加快地吃桑叶；其二，体型能够快速增加。蚕开始从睡眠中苏醒过来时，不要粗暴地移动它们，因为它们的皮肤很嫩，很容易受伤；醒来之后它们比休眠之前

更怕风，因为休眠前的皮肤较为粗糙。它们恢复进
食时，要不断喂给它们桑叶，这样它们很快就能恢
复常态。

起　底

　　当蚕破卵而出后，须从托盘中每天移出一次。
为达到这个目的，要将精心切制的桑叶洒在它们身
上；当看到蚕爬到桑叶上进食时，须拿一个小镊子
或者一双小筷子，拎起附有蚕的桑叶；然后小心地
将处于下方、上一次喂养的桑叶收集在一起，然后
扔掉；这样做，就可以将桑叶的残渣和蚕屎清理掉，
以保持托盘的干净。第二次休眠过后，这些蚕的体
型会与日俱增，每次移出它们时，须增加它们之间
的距离；要做到这一点，应用手指小心拎起附有蚕
的桑叶。给蚕饲食的桑叶必须是嫩桑叶。第三次休
眠过后，要是天气晴朗，可以将托盘放在户外，但
有风时则不宜放出。在大眠后（即第四次休眠后），
要除去排泄物，你可能需要用到蚕网，将蚕网铺在
蚕上面，上面再铺上几片优质桑叶，蚕会爬到这些
桑叶上来。当喂两三次桑叶后，蚕就会全部爬上来，

这时让几个人一同将蚕网移到空托盘上，将以前的排泄物和桑叶残渣清理干净，以免潮湿和蒸汽引发疾病。蚕进入大眠时，要将它们放进更大的托盘上。每 3 英镑的蚕，你必须提供 100 磅的桑叶，每 3 英镑的蚕，将生成 5 磅的茧，会产出 8—9 盎司的生丝。蚕起眠后再次进食时，少吃掉的那部分桑叶的量，就等于可收获丝绸的减产数量。第四次休眠之后，如果天气温暖，蚕将会在 5 天内进入成熟期；但如果天气较冷，蚕要花 7 天才能进入成熟期。然后将早熟的蚕拎起，放到蚕蔟上，并撒上桑叶，所以这些桑叶叫做上马桑。经过半天或多一点的时间，它们会变成熟蚕，准备吐丝了。蚕一般会经历三四次休眠后才能变成熟蚕；然而，对这两种不同休眠方式，蚕的饲养方式却是相同的。

上　蔟

蚕蔟，供蚕吐丝作茧的用具，用晚稻草秆制作；剥去稻草秆的外层，从中间将它们扎紧；稻草秆约 1 英尺（0.3 米）或者半英尺长，两端要切齐；蚕蔟应放在干燥通风的地方；必须放在竹制或木制的多层蚕架之上，架子的每层都铺有灯芯草做的席子，将蚕蔟按顺序在上面摆好。然后，将熟蚕取出，放在漆盘中，洗手后将它们散放在蚕蔟之上。蚕与蚕之间的距离要适中，不要太近或太远。如遇天气寒冷或者多雨，就在蚕架之下放置一火盆，进行加热；它们觉得越温暖，就越容易结茧，生丝就越容易解开；5 天之后，你可以挑选蚕茧，除去围绕在蚕茧周围无用的乱丝，可以将围绕蚕茧的细丝绕下来，但不要让蚕茧中的蛹受潮，否则会抑制蚕丝的形成。

此外，遵循一些养丝蚕的理念。

原　蚕

原蚕，也叫夏蚕或二季蚕；一般不鼓励饲养原蚕。第一，饲养原蚕的时间正值农忙季节，从而妨碍了田间劳作；第二，丝蚕数量的增加，会影响马的生育能力，从而减少马的数量①，因此古代经典的饲蚕文章都禁止饲养原蚕；第三，在春天喂养了春蚕之后，桑树上桑叶变得稀疏；若是再采光所有桑

① 这源于一个错误的概念。本地人认为，马和丝蚕都属于房星座（天蝎座），一方增长会引起另一方减少。

叶去饲蚕，就很可能伤害桑树，进而破坏下一年桑叶的采摘数量。如果饲养春蚕失败，而且仍有充足的桑叶，那么用饲养夏蚕来弥补损失倒是一个不错的主意。饲养二季蚕，必须勤于更换托盘和喂养桑叶，21 天或者 22 天后，丝蚕就会进入成熟期。必须努力让丝蚕免受牛虻的叮咬，以免受高温的灼伤；因为春蚕必须放在温暖的环境中饲养，而夏蚕必须放在凉爽的环境中饲养。

收　种

养丝蚕最重要的一点是获得适宜的种子，即收种。对计划保留下来用于收种的丝蚕，在饲养过程中应该再受到两层保护。从丝蚕中挑选出最好的，并给它们提供额外的进食；当它们成熟后，开始爬上蚕蔟时，就将看似健康强壮的熟蚕分开；蚕茧形成五天之后，选出那些最厚重并完全坐落在蚕蔟上的蚕茧，除去周围的乱丝；保持雄雌数量对等；雄蚕茧个头小，尖端细，活跃度高；雌蚕茧个头圆润，丰满，动作迟缓；将雄蚕茧和雌蚕茧分别放在不同的托盘中，待时候到了，蚕蛾就会破茧而出。双翼发育不良的，没有眉毛的，尾巴呈现烧焦烟黄色的，或者肚子是红色且没有毛发的，先于或者滞后于其他蚕蛾破茧的，都必须丢掉；仅仅留下没有毛病和体质健康的蚕蛾，这是收获优良种子的第一步。蚕蛾一般在凌晨 3 点至凌晨 6 点破茧，在早上 7 点到下午 2 点时段交尾，交尾后会耗尽所有精力。交尾时段过后，最好移去雄蛾，轻拍唤醒雌蛾，雌蛾可能抖掉身上的尘土。将厚纸片展开粘到厚木板上，把雌蛾均匀地放在纸板上，它们就会在纸板上产卵；下午 2 点到 6 点产下的卵为优质种，而那之后产下的为衰弱无用的卵。移去母蛾之后，就将纸板挂在一个通风的地方，直到蛾种变成适当的颜色，并具有黏稠性时，就应该用净水清洗蛾种，然后弄干。往纸板上撒一些石灰后，将其卷起，挂在高一点的地方，以免受到潮湿水分的影响；另外，必须让纸板远离烟雾。初秋季节，可以除去纸板上的灰。在 1 月中旬，煎煮一锅桑叶汁，放凉之后，将纸板取下并在桑叶汁中浸泡 15 分钟，以增强蛾种的能量。将蛾种晾干后，把它们包好，再悬挂在之前的地方。

缲丝十二法

1. 在缲丝前两周，将河水倒进一个旧罐子里静置，直到河水变得澄澈。河水比泉水更优，比死水更有活性。要是没有足够的时间让河水沉淀泥沙，可以往水中扔一两把贝壳，这有助于水的净化，以便使用。注意不要用明矾。

2. 给炉灶抹泥时，可同时抹烧锅的底部和侧边；在和炉灶口接触的烧锅处，抹泥的厚度应为四个手指厚，其厚度随着靠近烧锅上面的边缘而逐渐减少；等到抹在烧锅处的泥干透了，就可以用了。使用时，首先往锅里加满水，加热到合适的温度；为达这个目的，人们更喜欢用陈旧的烧锅。先前人们认为使用凉锅比热锅更好，但现在人们都不用凉锅了。曾经人们还建议，应该要有一个隔板将烧锅一分为二，这样两个人也许就能一同转动缲丝装置把手。但这种做法现在已经过时了。在炉灶下燃烧干燥的木材烧水。通过观察一下蚕蛹是否下沉或者是否在游泳，来确定水温是否合适。要是它们浮到了水面，就要降低水温；要是它们往下沉，就要升高水温；温度也必须保持恒定。

3. 以前的做法是，将车轴组座放在炉灶旁边，与烧锅连在一块。所有卷绕的装置都应该放在炉子的右边，这会让操作最为方便。将一块石头置于车轴之上，可使车轴轻易转动，并且保持稳定，但不要干扰到车轴的手柄的转动；应该反复敲击用于固定装置的木栓，让它们更为牢固。

4. 水烧热后，将蚕茧放入水中，用双手搅动一会，让蚕茧在水中旋转；然后，找到细丝的末端，用左手抓住粗糙的末端，在水面上轻涮几次，然后让细丝端向下拎起蚕茧，这样蚕茧下端都是质量良好的蚕丝；小心地扯去粗糙端的细丝；然后用一只手拎着品质良好的蚕丝，另一只手用一个多孔长柄勺把蚕茧放回水中。将蚕丝缠绕在短桩上，为缫丝做准备。

5. 当获得一些细丝后，就将它们放在车轴不同的线道上，穿过固定在牌坊底座版上的针眼。然后，向上牵到牌坊上方旋转的线圈上，然后转成水平方向，让线圈能朝着细丝移动的方向转动，拉下细丝缠绕在车轴面上；完成之后，用脚驱动车轴。在缠绕使用细丝时，必须很小心地将它们穿过小孔和绕线圈，直到缫丝完成，蚕蛹下沉；浸在丝塘的蚕茧现在越来越少，将一些丝线从短桩中取出，加入缫丝行列，注意细丝要保持均匀的厚度。当一个蚕蛹的丝被抽尽时，蚕蛹浮现，这时蚕蛹上的皮薄如纸，然后剥开蚕蛹，不要让蚕蛹自己断开，以免突然切断细丝或者弄脏它们。

6. 假设细丝从中间断开，脱离了蚕茧，必须拿起另一个蚕茧，将它放在一边，找出线头，然后，抓住细丝的末端将其拔出，接到断丝上。

7. 烘干蚕丝时，要用一个古瓷盆，放在木炭上加热，直到瓷盆完全干燥；因为要是蚕丝湿了，就会失去光泽。瓷盆必须放在远离车轴的地方，以免过高的温度影响车轴上蚕丝的质量。瓷盆必须向右下方倾斜，盆口向外。操作中，应留一人照看。

8. 浸泡蚕茧的热水，更换的频率越高越好；当热水有点难闻气味时，就倒掉1/3，然后加入同等量干净的温水。这个过程也需要专人照看。

9. 为了让机器的传送带保持拉紧的状态，就应该让带子经常保持湿润。这样可以调整缫丝的均匀度，避免杂乱地缠结在一起；若带子拉不紧，丝称就很容易脱位，这也叫丝称错置。

10. 将蚕丝从车轴中脱离的传统方法如下：车轴的支架用麻线松松地绑在一起，以便压住销，木制销的细小顶端已经固定，用锤子巧妙地敲击几下，就能让销脱离；之后，将用布包裹的并缠绕着蚕丝的卷轮从支架中取出。

11. 处理蚕茧有许多不同方式。其中一些方式已经失传。如果抽出的细丝放在车轴上刚转动一两圈就断开，这时就很有必要加大火候，用沸腾的水煮蚕茧。有些细丝在原始状态就混缠在了一起，如果不能尽快地将它们在车轴上理顺，就会形成一个一个缠绕在一起的结；这种情况就要避免使用冷水，要使用温水。有些细丝是在蚕茧成熟时才混缠在一起，这些细丝缠绕到一半时，会突然脱落，所以应该将这些细丝除去；在水面上会漂浮一些细丝，它们很容易混缠在一起；水温很热，这些细丝就会结成一个一个结；要是水温很冷，它们就会四处漂浮。有时我们会遇到野蚕茧，对于这些蚕茧首先必须晾干然后彻底煮透。想解决这些问题的方法是：将同时上蔟吐丝的蚕茧放在一起煮，然后缫丝；当这批蚕茧缫丝的数量达到一半时，将另一批同时上蔟吐丝的蚕茧倒入锅内；没有必要让锅内的水非常热，微温即可。

12. 还有一些迷信的缫丝方法，本书没有记录。

丹徒地区丝绸商行
生产经营遵循的四条规则

1. 种桑树。嫁接桑树很有必要，嫁接的桑树 3 年内就能摘叶喂蚕了。最好使用在湖州嫁接过的树苗，这会免去许多麻烦。每年 1 月初，在溧阳（靠近南京）到湖州范围内，雇佣一名经验丰富的桑树种植工，购买桑树苗，跟工人讨价还价，仅支付他的生活费。

2. 喂蚕。嫁接的桑树成熟之后，从溧阳雇佣一名丝蚕喂养者，这名喂养者将会教 15 岁及以下的女孩如何喂蚕。

3. 租地。达成为期 10 年的协议，每年支付租金。每亩（1/6 英亩）地种 40 棵树，两年之后，每棵树会产 30 斤叶子；5 棵树的叶子，或者说 150 斤叶子，用于喂养蚕的话，就产出 1 斤蚕丝，因而每亩地生产 8 斤蚕丝；要是编织的话，会制成 20 件小丝织品，价值 50 美元；扣除一半的钱用于土地租用金，劳动者的工资以及食物，利润还过得去。

4. 融资计划。让一些有名望的人士为丝绸商行誊写一些出资票据，然后再让他们的亲朋好友出资购买，数量不限，出资数量写在票据上。3 年之后，当有收益时，支付本金和利息，按 3 年 3% 的利率，每年支付 10%。当丝绸商行内部女员工愿意出资的额度，超过了商行需要她们出资的额度，将超出额度另外记录下来，除 3 年后归还投资额外，并按15% 年利率按月支付利息。如果跟官员签订了某种投资协议，协议期满之时，根据条款返还投资金额。

丝绸商行生产经营遵循的
另外十二条规则

1. 篱笆。农业古书记载，冬季时分，应该种上细长的柳树嫩枝，根部施予烟灰，细枝之间相聚紧密；细枝开始生长时，将它们往一边压，编成辫状，用棕绳捆紧；在篱笆外侧，插上酸枣、小橘子、荆棘等带刺植物的枝条。总之，植物的刺越多越好。

2. 设立标牌。标牌上要大大地写上"丝绸商行领地"。同时，恳求当地官员发一条布告，禁止闲人进入桑树园。

3. 开一条水渠。如能引河流之水用于灌溉桑园，就能节省打井的开支；同时，也可以在水渠中养鱼、养鸭，或者种植睡莲、菱角、西洋菜、马蹄等。

4. 施肥。冬天，可以把在罐子里腐烂的鱼，或者腐烂的蔬菜的汁，淋在植物的根部，以达到给桑树根部提供养分的目的。

5. 种植果树。第四个月，种上桑树；冬季时分，给植物松土、浇水；来年春天它们就会长出新的枝条。再下一年，就可以收集桑叶了，这时如果有空出来的土地，也可以种上一些果树，如野草莓、石榴、杏或梨树等。

6. 种植蔬菜。可以在桑树下种植洋葱、韭菜、甜瓜、土豆或者山药；选择那些需要经常灌溉的蔬菜，会使桑叶长得更加茂盛。为防止蝗虫啃食桑叶，可以多种一些山药。

7. 药材。枯萎的桑叶，桑叶上的寄生虫，发白或者死亡的丝蚕都可用作药材。捕捉桑叶上的蜗牛时，必须小心谨慎，不要让蜗牛损坏桑叶。

8. 木材使用。用于喂养幼蚕的一般是桑树幼树的嫩枝。一些人允许幼树长成大树，为了得到木材，木材可以做成不同的物件。对桑树木材不同的描述在这里有所提及，都十分有用。

9. 种植竹子。商行中所需的梯子、圆桌和筛子等工具，都是用竹子做的，因而有必要种植竹子。

10. 养殖山羊。老的桑叶有利于山羊的增肥，而山羊的粪便又有利于喂鱼，因此养殖山羊是有好处的。

11. 桑园划分。当一个桑园中的资源富足的时候，为拓宽种植面积，可能会建立其他的桑园。

12. 邻居间的和睦。桑树种植之后，会有大量的幼树，要是附近的农民希望增加自己桑树的数量，或者有人需要嫁接的枝条，应允许他们到你的桑园，大方地让他们挖走几株幼树。也可以准备几份关于养蚕的文章的手抄本，发给需要的农民。

总的来说，应该实施节约经济的计划。因此在饲蚕文化中，丝绸商行雇佣一名主要负责桑树种植的员工和一名主要负责丝蚕喂养的人就够了，这样就免去了用图片去解释整个养蚕的程序，他们各负其责即可。至于融资计划，让所有出资者和劳动者都能分到红利，没有必要将利润投资到其他地方。这样，当你有困难需要他们帮忙时，你的请求总会得到快速的回应。至于租用土地，可以在荒地进行一些试验，以积累经营，以达到能合理使用土地的目的，而不必受到不能达到土地的预期收益的责备。

以上所述的指导规则，都来自镇江府一个丝绸商行的管理文件。成立两年后，这个商行就取得了巨大的成功。

工具的使用

1. 车状

绕线机有四根柱子，后面的柱子 2 英尺 4 英寸（0.71 米）高，每根柱子上方分别有一个凹槽，以便将卷轮的车轴放在上面。左前方的柱子必须 2 英尺 7 英寸（0.79 米）高，顶部装有一个铁环，让丝称的一端从中穿过；右前方的柱子应该要 2 英尺 3 英寸（0.69 米）高，上方是一个销或者一个榫头，可将由传送带驱动旋转的轴插在上面。

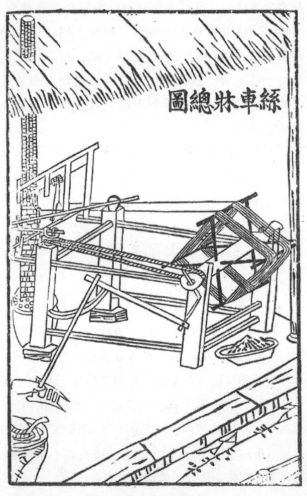

图6　丝车状总图（一）

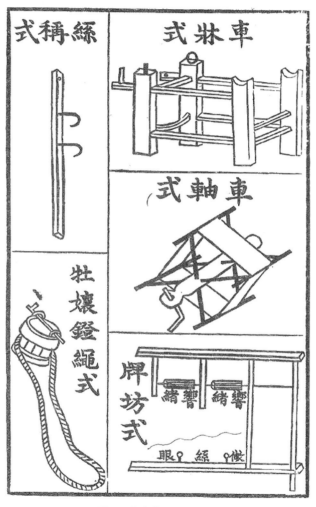

图7　丝车状总图（二）

2. 车轴

车轴长 2 英尺 5 英寸（0.74 米），由硬木制成；在靠近圆形头部的地方，雕刻成八面形状，以方便驱动传送带的旋转；车轴的末端装有一条 6 英寸（0.15 米）长的木棍，它和另一条稍短一些的木棍成直角相连，充当曲柄之用。在车轴的四周凿有四个洞，分别让四个 1 英尺（0.3 米）长的木头穿过，形成绕丝架支撑臂。将四条板条或者铁条水平地固定在这些支撑臂上，把一块布拉展，包裹在这四条水平的板条上。从蚕茧中拉出来的丝，就缠绕在这上面。这块布很容易就能从车轴上取下。

3. 牌坊

这个框架包含两根长柱子，每根柱子 2 英尺（0.6 米）高，柱子上方钉有一根横木，从横木上垂下两根 3 英寸（0.06 米）长的短木，每根短木上有一个孔，一根长竹销水平地穿过这两个孔，把它们相连在一起。在竹销上面穿着两个用空心竹子制成旋转的线圈，约 5 英寸（0.12 米）长；做线圈砍竹子，要在砍下竹子段的两端各留下一个竹节，穿过竹节弄出的孔恰好能穿过竹销。两个带有孔眼的销固定在下方的板上，以便生丝穿过。这些销由薄铁片或者薄铜片制成，约3英寸（0.06米）长，其中一头的末端是个扁平的小孔，必须光滑，以防生穿过时被割断。

4. 丝称

这个工具是用于调节蚕丝，让蚕丝在车轴上方斜斜地缠绕；它由一块2英尺5英寸（0.74米）长的扁平木板制成，在其中一个末端钻一个圆孔，固定在由传送带推动的嵌齿轮上；另一个末端穿过位于车状左前方柱子上方的铁环。丝称上有两个铁钩子，引导蚕丝运动的路线。

5. 牡孃镫（轮毂和传送带）

轮毂用桑树木制成，3英寸（0.06米）高，周长为6英寸（0.15米），可以是8或10条边；中间必须有个圆孔，以便将轮毂插入车状右前方柱子顶部的榫头，起固定之用。轮毂中部凹陷，以便传输带运动而不会脱落；顶部位置，有一对耳状手柄，将一根4英寸（0.1米）长的圆木棒（其中一端有一个销）穿过其中，连接丝称。最好用棉花搓成的绳子制作传送带。传送带约4英尺（1.2米）长，两端应系牢。首先，让带子穿过轮毂的凹陷中部，再穿过车轴柄；中间位置，让带子交叉一次，这会让轮毂与车轴同步转动。

6. 做丝手

这个工具由一节竹棍制成，约 2 英寸（0.05米）宽，8 英寸（0.2 米）长；距离末端 6 英寸（0.15 米）的地方应有一个竹节，这样能加强丝手的力量。从这点开始，竹子会被劈分成七八根细条，像手指一样；在缠绕生丝时，可用它把生丝末端抓起。

7. 脚踏板

制作脚踏板，首先用一块约 1.5 英尺（0.45米）长、6 英寸（0.15 米）宽的木板，在上面安一对能连接脚板的凹槽；再拿出一块 8 英寸（0.20米）长的木板，做成鞋子形状，每一边都安装一个销，以便将它们和底板的凹槽相连接。脚板的一端和一条长 2 英尺（0.6 米）的直立木棍相连。木头顶部钻有一个卯眼；取同样长度的另一根木头，将一端用竹子短桩与那根直立木棍的卯眼相连；在另一端钻一个圆孔，固定在车轴的柄上。这样，踩着脚板时，这些木头就会运转，因而推动车轴转动。

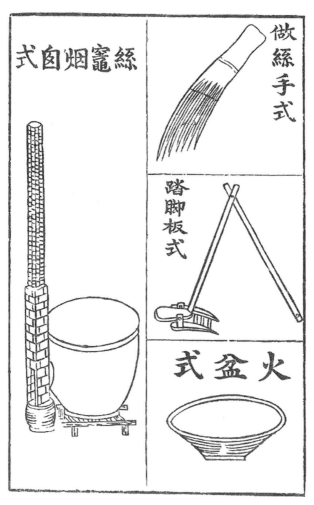

图 8　做丝手/脚踏板/火盆等

8. 火盆

必须备有大小两种火盆；火盆是用黄黏土做的，用来烧木炭。当太阳落山后，可以用火盆给丝蚕取暖；缫丝时，也可以利用火盆，预防潮湿。

9. 丝灶烟囱

制作炉灶的方式多种多样。有些人用陶器炉灶，即用一个小的黄色陶器罐制成。在陶罐的一边开一个洞作火门，火门必须里里外外均匀地用泥灰抹好。有些人用灰泥炉灶，这是用砖头砌成的炉灶，2 英尺 5 英寸 （0.74 米） 高，灶口宽度应足以放下一个大铁盆，也必须里里外外均匀地用泥灰抹好。炉灶又可分为露天炉和室内炉；设在室外高棚架之下的叫露天炉，特点是通风好、火焰高和节约木材；室内炉没有烟道，有时烟雾会带来极大的不便。

炉灶的烟很容易让蚕丝变色，因此有必要装一个烟囱，把烟引出去。为达这个目的，要用细小的竹子，相互缠绕，形成环型筒状。底端直径为 6 英寸到 7 英寸 （0.15—0.17 米），越靠近顶部越细；烟囱约 10 英尺 （3 米） 高，穿过棚顶。火门的两边、整个烟囱，里里外外，都要用泥灰均匀地抹好。

10. 丝豁

这个工具里头有一块 2 英尺长（0.60 米）、4 英尺（1.21 米）宽、3 英尺（0.91 米）厚的木板。木板两端都凿有一个小孔，3 英尺 4 英寸（1.02 米）长的厚竹子向两端弯曲，固定在之前提到的小孔内，因而形成弓状。一团团生丝就是在这个工具上面展开。

11. 脱棉乂坠梗（纺丝调节器及绕线筒）

纺丝调节器是纺丝时用来管理蚕丝的。调节器用黄铜制成，有个木柄，固定在下方，约 3 英尺（0.91 米）长。悬挂着的绕线筒由竹子制成，约 1 英尺（0.30 米）长；绕线筒必须打磨成圆形光滑状，像串肉杆一样；一端留下一个结，另一端割出一个旋转式的凹槽，蚕丝可嵌入其中，避免滑落；要是你想加大绕线筒的重量，就在上面系一些铜钱；竹子中心外部套一个芦苇做的空圆柱，约 6 英寸（0.15 米）长；空圆柱两端都要用清漆涂好，用来缠绕丝线。

12. 切桑砧

砧板由稻草制成，剥去稻草的干叶，用三个竹环扎紧，两端切齐。做好的砧板 4 英寸（0.1 米）高，直径 1 英尺（0.3 米）以上。

13. 叶筛

叶筛由品质良好的编织篮子的竹条制成，直径约为 8 英寸（0.2 米），高 3 英寸（0.07 米）；筛孔做得越好，效果越佳，竹条应打磨得十分光滑。喂养幼蚕时，将桑叶放在叶筛中过筛，这样获得的桑叶大小相同。

14. 蚕筐

湖州当地人养蚕要用上这种筐，它可以用作衡量饲蚕桑叶多少的工具。对于有小黑点的幼蚕，往筐里放一小撮桑叶就够了；对生长中期的幼蚕，往筐里放 20—24 盎司的桑叶；对长时间休眠后的丝蚕，要喂满满一筐的桑叶，一筐为五六斤重。这些筐有不同的名字：筛子、托盘或者平筐。蚕刚出生时，装它们的筐叫做筛子；处在中年时期时，装它们的筐叫做托盘；蚕经历第二次休眠之后，叫做平筐。要是用冬季竹子来编织这些筐，就不会生蛆。大托盘的直径应为 3 英尺 7 英寸（1.09 米）或者 3 英尺 8 英寸（1.12 米），托盘边高约 1.5 英寸（0.04 米）；小托盘直径 2 英尺（0.61 米）或者 2.5

英尺（0.76 米），托盘边高 1 英寸（0.03 米）；大筛子直径 2.5 英尺（0.76 米），小筛子 2 英尺（0.61 米），筛子边高 1 英寸（0.03 米）。筛子或托盘的孔太大时，可以往上面粘一张纸。

15. 檿蚕网

该网由细绳制成，类似渔网。长度和宽度应和筐的大小相匹配。网眼的疏密，应根据蚕个头的大小进行调整，个头小网眼要密，反之网眼要疏。

16. 大蚕植

大蚕植是一个有 3 个木桩构成的呈三角状的木架，3 个桩分别有 8 英尺（2.44 米）高，桩与桩之间必须有 9 层横木，每层横木相隔 8 英寸（0.20 米），这便于蚕框的放进和取出。前面的横木必须 6 英尺（1.8 米）长，后面的横木必须 3 英尺（0.9 米）长，前面的每个横梁都必须装有 4 英寸（0.1 米）长的榫头，后面的横梁末端理应装有相对应的卯眼，固定在前面横木中间位置的短榫头上。前后横梁交接处，打上一个洞，里面放一个竹楔子，这可以让后面的框架往左或者往右移动，你可以任意折叠。

17. 小蚕植

幼小的丝蚕要用小框架，高 4 英尺（1.22 米），宽 4 英尺 (1.22 米)，有五六层横木。框架小，便于用一套床帐罩住。

18. 担蚕毛

一般用鹅毛，越轻越柔软越好，以免在用它来移动蚕宝宝的过程中，使蚕宝宝受伤；小黑幼蚕刚出生时，就像头发那么光滑，所以不能用手捏它们，但可以用鹅毛移动它们。

19. 蚕箸

蚕箸由竹子制成，约 5 英寸 (0.12 米) 长，大小类似普通的串肉钎，越靠近末端越细；必须打磨得十分光滑，可用于夹起丝蚕。

20. 饲蚕凳

凳子越厚越好；凳子表面的宽度约 1 英尺 (0.30 米)，两个凳脚均 2 英尺 (0.6 米) 高；在左右两凳脚的中间位置的凳子顶部打一个圆孔，并在那儿嵌入另一根木棒，垂直于凳子；在这根横木上，再打一个类似在凳子顶部打的那个圆孔，用另一根约 2 英尺 (0.6 米) 长的圆木棒做后面的凳脚，垂直嵌入这根横木。再放第二根横杆，与凳子顶部的横杆平行；之后，将这两根横杆分别固定在凳子下方位置，从上往下看，呈现出字母"T"形；为了固定这些横杆，往凳子顶部圆孔位置嵌入木销，横杆的圆孔位置也一样；这样，可以向左或者向右转动，起到能放置蚕筐架子的作用，蚕就在蚕筐中进行喂食。

21. 地蚕凳

这个凳子应 1 英尺（0.30 米）高，七八英尺（2.13—2.44 米）长，8 英尺（2.44 米）宽；越结实越好；蚕摊开在地面上时，人们往往连站的位置都没有，这时人们可以蹲在这样的凳子上，给幼蚕喂食。

22. 山棚芦草帘

垫子应由芦苇制成，在支架上方摊开，没有这个垫子，蚕就没有地方吐丝；垫子的长度和宽度要根据房间的大小进行调整；一间房大概能放下四五张这样的垫子。供蚕吐丝做茧的蚕蔟由麦秸捆扎而成。有两种捆扎的方法。一种方法是拿一把大概 2 英尺（0.60 米）长的麦秸，从中间绑紧，两端成斜面展开，这就叫做墩头帚（单头蔟）。另一种方法是取一捆稻草，大概 3 英尺（0.90 米）长，从中间绑紧，分成两部分；然后，每部分取几丛麦秸，与原本紧缚的带子交叉，再绑起来几次，这样末端展开时，形如伞状，这就叫折头帚（多头蔟）。

23. 茧篮

由品质优良的柳条编织品制成，可根据自己意愿调整，但要光滑，做工良好。

24. 桑剪

不要用手折断桑树的树枝，而要用铁桑剪将其剪断。桑剪头部约 1.5 英寸（0.04 米）长，剪身 5 英寸（0.13 米），剪肩不能相距太远，剪把要便于抓住，剪刀要硬而且锋利。

25. 桑梯

梯子可高可矮，中等高度的梯子大概 9 英尺（2.74 米）高；桑梯有两个相互对应成"人"字形的梯子构成。桑梯顶板的一边固定着两个铁指环，可以将一节短木从中穿过。这样，将梯子打开时，两个梯脚可以张得很开，合上蚕梯时，梯子又能并在一起。

26. 桑钩

当桑树的树枝很长，用桑剪够不着时，就必须用桑钩将树枝钩下来；钩子的铁制头部应五六英寸

(0.12—0.15 米）长，形如鹦鹉的嘴；接近末端的地方，纵向打一个圆孔，将钩柄插入并固定好。钩柄应 2 英尺 8 英寸（0.81 米）长。

27. 叶箩（应为籍。——译注）

叶箩应用裂开的竹条制成，直径约 1.5 英尺（0.46 米），高 2 英尺（0.6 米）或者 2 英尺以上，顶部应该装有一条呈十字形的木块，以便于将箩挎在肩上；当然，在顶部系一条交叉的绳子，也起到同样的作用。叶箩网格的疏密无关紧要。

28. 桑锯

当桑树树枝非常硬，用桑剪不能剪下时，就应该用上桑锯。这个工具大约 1.5 英尺（0.46 米）长，0.5 英尺（0.15 米）宽，1/12 英寸（0.002米）厚，有着一排小锯齿；桑锯的弓状部位是铁做的，锯条应该固定于弓状部位的两端，用一小根木棒作锯柄。

29. 接桑刀

刀子应 5 英寸（0.13 米）长，0.5 英寸（0.01米）宽，尽可能锋利。因为嫁接主要依靠将树枝劈开，因此刀的构造很重要。

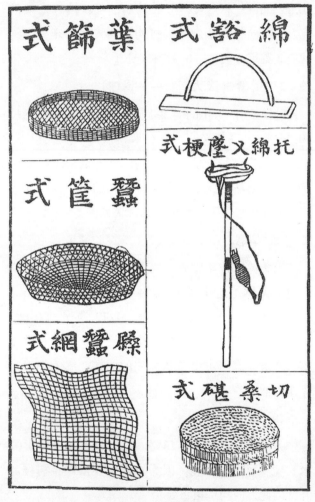

图9 叶筛等

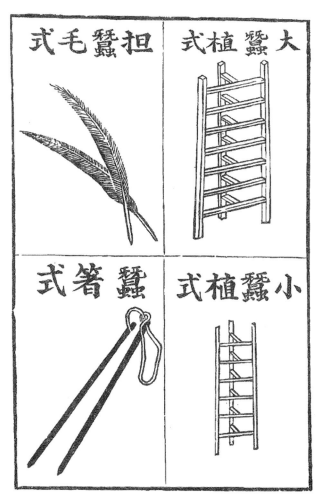

图 10　大蚕植等

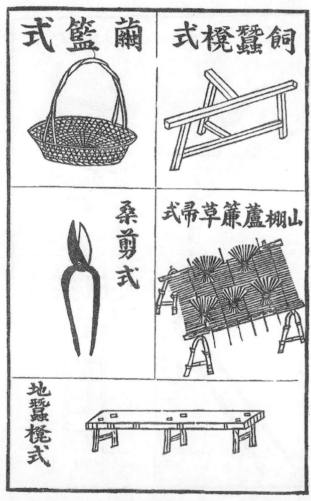

图 11　饲蚕凳等

图 12　桑梯等

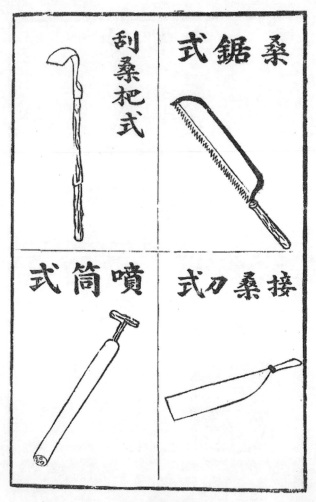

刮桑把式

式锯桑

式筒喷

式刀桑接

图 13　桑锯等

30. 刮桑杷

该工具用铁做成，其功能是把桑树上的蛆从树上刮下来。刮桑杷的前端边缘向上拱起约 1 英寸（0.03 米），并向下弯曲；长度大概 3 英寸（0.08 米），在接近末端的地方有一个圆孔，承接杷柄，杷柄两三英尺（0.61—0.91 米）长。

31. 喷筒

喷筒可以是铜制的，也可以是竹制的，直径约为7/10 英寸（0.02 米），长 1 英尺（0.30 米），喷筒底部打七八个孔，水就能从孔中流出。除此之外，用一根大概是喷筒一半长度的圆木棒，在一端固定一根短柄，在另一端钉上两到三层皮革，或者绑上布条，使其直径恰好与管道相契合。然后将它塞入喷筒中，往上拉吸水，往下推就能把那些蜗牛和蛞蝓从桑树上喷下来了。

再议湖州

湖州是湖州县县府所在地，建于 620 年。为了与环绕城市蜿蜒的河流相适应，整个城市的建造呈现不规整的形态。城市形态大体呈圆形，东边弧度超大，西边弧度小一些，而东北方向相对有些凹陷。以前护城墙的周长为 24 里（7 英里），但是现在短了一些。城市北边坐落着一座宝塔，名叫飞英塔，和飞英寺院连为一体。飞英寺院建于唐朝，寺院里有一尊睡佛，还有一棵在中国人眼中不同寻常的古树。但这里的庙宇在湖州人眼里却很寻常，因为在包括湖州市在内的两个地区，有 300 座寺院。湖州人不仅关注活着的人的烦恼，也关注死去的人的利益。所以在西门附近有一家孤儿院，在城市中心有一家为老人提供服务的收容所，此外还有一些其他慈善机构和公墓。一座祭坛建在城市的西南边上，用于祭祀山河神灵；另一座建在西北边上，用于祭祀大地和谷物的神灵。在政府官邸后面，城市的中部耸起一片平坦的山丘，叫做爱山台或观景台。另外，在这座生产丝绸的城市中，还可以看到各种各样的公共书院和贡院。

整个湖州地区分为 7 个区域，或者说是有城墙的城镇，在行政划分上，它们属于第三个等级。另外还有很多没有城墙的城镇和村庄。据说耕地面积达 300 万亩，大约 1000 平方英里。这土地可以被水灌溉，丘陵和山谷点缀其中。

在湖州的众山中，有一座很有名的山叫弁山（帽子山），因山势如帽子而得名。据说海拔有30英里，所以即使在夏天，山顶的积雪也不会融化，山上经常有大批蛇和野兽出没。这座山以高耸的悬崖著称，垂直数千英尺，有一个洞穴叫黄龙洞，因为当地人说他们曾在这里看见过一条黄龙。这里确实有些蜥蜴化石，也许中国人把它们夸大并想象为龙化石了。据说，黄龙洞内有石柱林（钟乳石），其中一块石柱林很特别，形似旗帜，顶部大底部小，稍微用力一推，它就会左右晃动。无人知晓洞穴的深度。另一座有名的山是天目山（天堂之眼），因这座山在接近山顶的地方有两个湖泊，看起来像一对眼睛而得名。登过此山的中国人称自己看到云朵聚拢在半山腰，听到低沉的雷声从脚下很远的地方传来。站在山顶，可以看到杭州、宁国、徽州和湖州四个县的风貌，它们的占地面积约为2000里。在山顶上还可以发现许多中国典籍记载的知名草药。

城市周边主要的水域是太湖（大湖），而湖州的名字正是由此而来。太湖接纳长江多余的水，而之所以被称为太（大）湖，是由于它的容水量，而不是指它的面积。大禹时期，它叫震泽；蜀国时期，太湖也被提及。太湖是由 72 条未能汇入海洋的溪水汇入而成。

另外值得一提的是位于城市南边的碧浪湖（珍珠波湖），每当有风吹过，湖面就会漾起美丽的波纹。它由从天目山流下的溪水构成，占地面积为 10000 亩（1666 英亩）。

在城市中部有一大片水域是月湖，因形似半月而得名。

有一条河叫四安溪河，我们要乘船在四安溪河上航行到达四安镇。四安溪是一条发源于广德州（今广德县）山中的河流，从湖州开始一直向前流淌。在此河航行，船只就能通航到四安镇。四安镇距湖州 70 里（21 英里），由一名政府派的巡视官员负责管理。隋朝时期，四安四周建有城墙，有四个进出的大门，每个大门上都写有"安"字，寓意安宁，将四个"安"字融合在名字中，就取名"四安"。至今四个大门的痕迹仍然可寻。元朝时期，曾在这里设立过市舶司，但以后被撤掉了。因为政府做出了明智的判断：如果在生产茶叶和丝绸的地区，对来往的商品征通行税，就会增加商品流通的困难，阻碍商人的水路运输，严重影响贸易往来。

据说湖州县的耕地面积达 2941658 亩（490276 英亩），一亩耕地，每 4 分地就会产生 411832 银两的土地税。另外，按一亩地交纳一配克米计算，用实物偿还土地税需要交纳 51479 担米。尽管看起来这个税收的总额很大，但平摊下来则没有这么吓人，因为一亩耕地交的税，平均只有 1 美元多一点，而且是以每 6 亩（英亩）地交 1 担米来计算的。另外，这只是政府对中国土地肥沃地区的收税标准，对山区和沼泽地的收税额会成比例地减轻，仅为上述地区的 1% 。

第四章　旅程继续

4月2日。清晨，在阳光照亮城墙前，我们就开始上路了。我们乘船在大山间一路向西而行，太阳刚一升起，就给整个山脉投下和煦的光线。在阳光照耀下，风景肆意展示它的魅力，深绿色植物散发的灰暗色调，倒映在这条高贵的河流之中。河流的蜿蜒曲折，构成一幅连绵不绝的风景。清晨芳香的微风，林中鸟儿的鸣叫，所有这些都令我们身心愉悦，构成旅程中最美好的部分。南边是连绵不绝的高高的山脉，我们可以断定那就是我们之前已经提及的天目山。船开了8英里后，我们到达了一个两条河流汇集的地方，较大的河流发源于西南方的安吉县，较小的河流发源于东北方的长兴县附近。我们要沿着较小的河流继续行驶8英里，然后转去长兴县的河道，继续向西，直奔四安镇。较小河流的入口以一座单孔高桥为标志，从远处看，这座桥好像悬浮在空中，桥身修长，好像是由钢铁锻造。桥两旁的树木及茂盛的植被，遮挡住了桥的地基和防浪墙，使得桥有一个飘在空中的细长虚幻外观。但当我们驶近这座桥时，我们发现它其实是由石头建造的，并且年代久远。我真希望我能像画家一样把这幅美景给画出来，但很遗憾我没有这个能力，也就只能靠笔头的描述以飨读者了。

　　沿着这条河流行驶不到 1 英里，我们遇到一条坐满精心打扮的女士的船只，她们可能来自长兴县，要到湖州拜访朋友。沿途行驶的河岸很高，河水清澈，说明临近丘陵地区。我们越往前行驶，河流就变得越来越曲折，也越来越狭窄。河岸上栽种了许多桑树，比我以前看到的都要高大。这些树干的直径大约达 1 英尺，主干四五英尺高，从顶部延伸 8 或 10 个分支，每个分支的末端都会形成球状。每个球状顶端都会伸展出很多嫩枝，上面长满了新叶子。

　　继续往前航行，我们看到男人们用安有铁头的木柄大榔头将木桩打入河岸修筑河堤。他们很吃力地将大榔头举过头顶，猛烈地敲击着木桩的顶部，一下一下地用农民的力量和毅力将木桩打进河岸，以保护河堤牢固，免于遭受洪水袭击和土壤被激流冲走的危险。不久，我们又看到一群男人，他们正在为修建新桥而进行打桩工作。为了完成这个艰难的工作，他们竖起一座三层的台子，每一层都会有一定数量的工人，每个工人都抓着一根绑缚在主绳上的绳子，然后大家一起发力，将拴在主绳上巨沉的打桩头提升到一定高度，然后突然一起松手让其掉落到桩顶，将木桩慢慢打入河底。他们用唱歌的方法来协调大家的动作：一人领唱，合唱时大家一起向上拉绳子，然后在固定的一个节拍上，大家再一起松手。在没有任何机械设备的条件下，想要完成给桥墩打桩的工作，恐怕这是最好的方法了。

大约下午 4 点，我们到达四安，一个距湖州 20 英里的小城镇。首先引起我们注意的是一座寺庙，寺庙前面有 5 个纪念贞洁烈女的牌坊，他们的亲属想让这些贞女的事迹永世流传。我们到达的时候，正好赶上一场演出，吸引了许多从镇子和附近村庄来看戏的人们。大家都在聚精会神地看戏，所以并未对我们这些新到的异乡人投以好奇的眼光。从舞台前面聚集的几千名看戏的观众，我们可以感到附近地区人口是相当稠密而且缺乏文化生活。尽管这只是一场滑稽的表演，却吸引了方圆几里的村民前来观看。

经过舞台，我们继续向右行驶，穿过桥洞，到了镇子边缘，又继续前行大约半英里，到达通常为异乡人提供住宿的客栈，已经有很多船停泊在那里了。我们团队中，有一人上岸为大家安排住宿，随后带回许多苦力帮忙搬行李。进到客栈后，我们看到老板很有礼貌，询问来宾的姓名，请他们坐下喝茶。至于食宿的条件，我实在不想恭维，接待室看起来像一座谷仓，泥土地面，也没有天花板，那些尘土和蜘蛛网让我猜测房子自建造后从未打扫过。大厅前面并不避风雨，除了有时候会放下竹帘作为暂时的遮蔽物，而那小院就是一个装满污秽和不堪的容器。地面中央摆放着一张桌子，随意放着一把短窄的长凳，以供疲惫的旅人休息。傍晚时分，店家开始擦桌子，可能需要一个小时的用力擦洗，才能将桌子上面的土擦干净，但是对于那些渗入桌面的油污则无济于事。擦完桌子，店家摆上许多道菜，米饭管够，装在桌子旁的木桶里，方便客人自己添饭。尽管一桌子的饭菜并不美味精致，但老板显然认为自己已经提供了可口晚餐。在我们就餐期间，老板来到我们餐桌前，希望大家见谅这顿简陋的晚餐。其实这句中国话的意思是：看，我已经为你提供了多么丰盛的晚餐。天将黑时，我看到同伴从他的篮子里拿出几条腌肉和一条咸鱼，让厨子帮他把它们煎熟。煎熟后，又把它们放回到装食物的篮子中，以备在下一段旅途中我们下榻的客栈没有荤菜时供应。起初，我总觉得没有食物吃也要比吃这些乱七八糟的东西要好，但后来我发现，在没有东西可吃的时候，这些咸货竟成了人们最渴望得到的食品。

天黑之前，我们又看到一番热闹的场景：一伙吵吵嚷嚷的苦力走进来，他们看着我们的行李一起商量搬运它们的价格。首先要确定行李的确切重量，然后把他们分成平均的重量，确保每人都知道要负担的重量，而每人也会负担同等的重量，不会有一盎司的差值。在这件事上，他们尤其挑剔，计较每件微不足道的物件。因为每人都不愿意负担超过平均值的重量。他们对每件携带的物品都斤斤计较。如在第二天天气最热的时候，我想让一个苦力帮我拿一下脱下的外套，却没有人同意。因为这样会使他们多负重一到两磅，从而超出之前商议的负重量。最终每名苦力分配了150磅的重量，每天要负重行走13英里，持续14天，穿山越岭，风尘仆仆，跨越旅途的重重障碍。经过他们之间的争吵和跟我们的讨价还价后，最终决定每人每天25美分的酬劳，工作从第二天早晨开始。

这个问题解决了，所有的物品堆放在房间一角。摆放的一些长椅和木板，就是我们睡觉的地方。我们封上行李，避免晚上睡觉的时候有人会随意打开。在我们休息前，船夫就已经和我们协议好价格，从长兴到这里3美元，5天中每3人加收1.5美元的饭费。因此，对于当地人和用当地人旅游方式进行旅游的异乡人来说，在中国旅游并不昂贵。我们住宿的客栈每天都会接待大量的外地旅人。原因之一可能是这里雇用了十几个专为游人服务的服务员，其二是每天这条路上会有成千上万的人经过。

4月3日。早早吃过早餐后，苦力们吵吵嚷嚷地走进来，兴高采烈地扛起沉重的行李就走。一开始我感到有些担心，唯恐他们走得太快，会脱离我们的视线。但我很快发现，即使他们从我们身边跑开，也几乎不存在危险。事实上，在走到街道尽头之前，我们就已经赶上他们，而且必须要每 5 分钟就停下来，等他们赶上我们。我们退房后，老板和店员把我们送到门口，与我们告别，询问对服务的意见，感谢我们的光临，并希望有机会再次款待我们。走在镇子的街道上，很多人对我评头论足，他们议论最多的不是我的奇特外形，而是对我佩戴的一副深黑色眼镜感到好奇，这种眼镜在中国这个地方并不常见。所以，我的导游建议我佩戴其他的，尽量让我看起来并不是那么引人注目。

在就要走出镇子的时候，我们看见一座呈圆锥形状的山丘，耸立在方圆几英里的平原中部。在南边，远远望去是一些高岗，在北边，是高高地耸立的山脉。它们好像是被地下隐匿的力量烘托而出，孤零零地站在那里。苦力走得很慢，所以我有足够的时间欣赏沿途的风光。在空间狭小的小船上待了大约一周后，我走在路上感到很惬意。我很快发现我们并不是这条路上唯一的旅人，因为这条狭长的路上挤满了负重的搬运工和推车的车夫，他们在这条繁忙的路上，来来往往，运输货物。当我看到同伴们毫不客气地推开行人向前走，毫不费力就可以挤出空间通过，我感到既兴奋又惊讶。甚至有人为了给自己开路，把我挤到路边的稻田里去。已经习惯了看到中国人给欧洲人让路，甚至会跳到沟渠里让我先通过，这次却毫无准备地被挤出这条道路。当我回忆起这一场景时，我认为我已经成功地融入了中国人的生活当中，我很高兴他们没有把我当外国人对待。我的同伴告诉我在中国赶路，空手的人要为负重的人让路，苦力要为手推车让路，苦力也要为轿夫让路，而坐轿的人要为骑马的人让路。

我们绕行到之前提到的那座山丘脚下，看到一条溪水，我判断它同我们从湖州航行过来的那条河是同一条。这里的河道水浅，不能通船，却可以漂流竹筏。我们发现这里有成百上千的人买进从腹地运来的木材，把它们制成木筏，再运送到人口密集的沿海城市卖掉。我们还遇到了许多独轮车，来来往往，把布匹和兽皮运到山区，又把大米和木材运到平地。保守估计，今天有不少于1000辆独轮车从我们面前经过或超过我们，有一些独轮车是一人推的，有的则是两人，一人在前拉，一人在后推。有些车用来运货，有些则用来载乘客。通常会看到两个人同时坐在一辆独轮车里，就像坐在爱尔兰车里一样，一人各坐一边以保持平衡，或者是只有一个人坐在车上，就像骑马一样骑坐在自己的货物上。这种中国式的独轮车很特别，一个巨大的轮子装在位于车重心附近的车轴上，这样可以减轻车的重量对手部的压力，或根本没有压力，以便人在推车时，手不用承受车和货物的重量，只需要向前用力和掌握方向即可。这样，一个人很容易就可以运送300磅重的货物，而两个人的运货重量则可以达到一人的两倍。有可能我们的同胞也可以从中获得一些启发，造出更好的手推车。但是中国的独轮车有一个显著的缺点，那就是轮子很狭窄，从而在它们经过的道路上碾压出一道又一道的车辙。铺在路上的那些石板，甚至也被像刀子一般狭窄的车轮刻出深深的凹槽。

除了独轮车外，实际上这条路被苦力们占领了。他们扛着货物匆忙地往返在上面，一整天都不间断。尽管路上的人群拥挤程度没有超过通往集市或市场的道路的人群密集度，这也是我曾目睹的最繁忙道路之一，每天都是这样人来人往。络绎不绝的路人带动了沿路茶馆和小吃店的发展。每隔1里（或3英里），就会有店主在路旁摆放长凳和桌子，以便路人歇歇脚，喝喝茶，吃点东西后再赶路。每隔10里地，就会有饭店，旅人可以在这里饱餐一顿比茶馆要丰盛一些的饭菜。在离开四安县 10 里的范围内，我们就看到相当肥沃的土地，被用来种小麦和大量的芥菜，芥菜籽可用来榨油。但我们继续往前行，土壤看起来就相对贫瘠了，这可能是因为这里的地势远远高于水平面，无法引水灌溉的原因。然而这里栽植了许多冷杉树，它们沿着低矮的山丘茂盛地生长着。土壤的地表层颜色比较淡，下面却是红色的。由于老路已被独轮车的车轮碾压得支离破碎，已经不能通行，独轮车的车夫不得不另辟蹊径，把整个田野变成一条宽阔颠簸的道路。新开辟的条条路线，都是为了便于他们到达过河桥的位置。简而言之，在追寻的旅程中，每个人都会去做他们认为对的事情，因此才会在这贫瘠地带上踩出来那么多的道路。

从四安县出来行至 9 到 10 英里后，我们看见一片向西南方向倾斜 15 度角，由粗糙的红色砂岩构成的岩层。再继续行走 1 英里，我们又偶尔遇见一块与之前看见的有些相似的岩层，它以倾斜的角度俯瞰着山丘下面的风景。我预计，在 5 到 6 英里外，岩层又会上升一个高度。我们在路边看到一片衰败的茶树林，还路过了几座尘迹斑斑、破败不堪，看上去无人照看的寺庙。在这些区域，人口稀少且贫穷，只能依靠种植一点小麦以及砍伐木头卖到山下人口稠密的地区，来维持清苦的生活。行至 12 英里外，我们来到一片更为平坦的地方，土壤更加肥沃，水源能够满足灌溉需要的地区。但据我们观察，因为种植小麦的田野很潮湿，所以当地人习惯挖出很多条 1 英尺宽、1 英尺深的地沟，两条沟相隔 1 英尺，其顶部形成田垄，小麦就播种在 1 英尺宽的田垄上。这样至少会让一半的土地休养生息，从而保持滋养其他农作物的地力。下半年，收完小麦后，在同样的土地上又种植水稻，这时就要把田垄平掉，引水入田，灌满整个田野。再继续走 1 英里，我们到达一条宽阔的河流，但是水位很浅，除了小木筏外，不能通航。一座木桥架在河上，大约 6 英尺宽，200 英尺长，河水向西北方向流淌。走过这座桥，我们走上一条铺有路面的道路，看到不远处的宝塔，它的塔顶向我们表明这是广德州的地界。

广德州介绍

在广德州行进 1 英里后，我们看到一座贞洁牌坊，牌坊入口上方书有"金心在中"四个大字，意为一颗金子般完美的心，我的导游对这四个大字所传达的情感赞叹不已。临近傍晚，我们抵达广德州郊区，进到一家客栈。这家客栈在路旁挂出一个幌子，上面写着"普通人家，家常便饭"，正是这个幌子将我们引诱入内。客栈前边有一家小商店，售卖一些食物。穿过这家小店，经过一块空地，来到一间泥土地面、灰瓦铺顶的粗糙的大厅，或者叫接待室的房间，大厅两边是又昏暗又潮湿的睡房，以至于我很害怕走进分配给我们的房间。房间里没有窗子，所有的光亮只能从门口透入，而门又面对着另一间房，那间房又阻挡了本来就不多的阳光照入，使我们的睡房更加黑暗和阴沉。因为没有选择，我们只能坐下来，等待晚饭。今天，经过阳光暴晒，风中小憩，我发现自己有点不舒服。

　　4月4日。早上下起了雨，我们决定不继续赶路，坐着等天晴。大约10点，雨停了，太阳发出耀眼的光芒。我们有望在天黑前赶一段路程。但是就在要出发的时候，我发现我们的苦力已经坐在桌子旁打牌了。在这个时候，就是天使的劝告或是皇帝的命令，都不能让他们离开牌桌，因为他们认为打牌是天地间最重要的事情。在这种环境下，他们根本不会关注雇主要出发的意愿。在苦力中，有一个人特别粗鲁无礼，他竟敢斗胆问我们中的一个人，运输的箱子里有没有携带鸦片。我们中的那个人回答道，如果你愿意，你可以打开行李检查，看是否藏匿鸦片。如果有，我们就是罪犯，你可以把我们押到衙门。但如果没有发现毒品的踪迹，那么你就是罪犯，我们将会押你去见官。一听到这番强硬回答，他便不敢再继续询问下去。在客栈的墙上，我偶尔发现一张广德州官方发布的布告。布告称，在过去的一段时间，一些恶棍假借搜寻鸦片之名，在路上拦截善良的旅人，强迫他们打开包裹，然后乘机偷走他们的钱财。根据这种情况，官方严厉打击这类恶行，同时禁止客栈老板让这些恶棍住店。这纸布告贴于几个月前，源于有人试图在广德州和四安县之间，以不正当的借口，对一些旅人实行抢劫。因此如果我们的"朋友"，也就是那名苦力，坚持要打开别人的包裹，但发现里面仅仅只有一些我同伴在上海贩卖茶叶所得的银两，那他就变成犯罪嫌疑人了。

当等待苦力打完牌出发之际，我看到一个贫病交困的小姑娘，躺在一个有点像便携式床那样的东西上。这张便携式床上竖有一根 2 到 3 英尺高的杆子，一块布从上面垂落到便携式床的两边，给躺在上面的人遮阳挡雨。这张便携式床需要两个男人用肩膀扛着行走。这个可怜的小姑娘从湖州出发，要赶往 200 英里以外的徽州。每到一处客栈，她就和这张便携式床一起被丢在透风的大厅中，整晚无人搭理，直到隔天早晨苦力们开始动身为止。无论在炎热的白天还是充满寒意的夜晚，他们从不给这个虚弱的小姑娘更换衣服，甚至都不给她吃食。只有当这个饥饿的小姑娘声嘶力竭的哭声，将全客栈的旅客都吵醒时，那两个铁石心肠的苦力才施舍般地给她一口饭吃。那天早晨，正是这个饥饿女孩的惨叫声引起了我的注意，通过打听我才知道了她的悲惨旅途。雪上加霜的是，这个小姑娘竟然是聋哑人。

没有事情做，我就观看店主制作挂面来打发时间。首先，将面粉和水放在石臼中敲打成面团，然后放在厚木桌子上，上面放置一支结实的竹竿，竹竿的一端固定在桌子一边的下面，然后从桌子上面穿过，让竹竿的另一端放在距离桌子另一边 1 英尺的地方，这样工人就可以坐在上面，而不会碰到桌子。工人坐在竹竿上，不断蹬直腿然后再坐下，利用竹竿的弹力和身体的重量将竹竿下的面团来回压薄。通过不停地折叠和按压，面团越来越薄，到最后变成面皮。然后，把面皮叠在一起，用快刀切成薄薄的细条，挂面就制作完成了。那天晚上，我们吃的就是这种挂面，用白水煮一下，趁热上桌，就着我们随身携带的咸肉吃。晚上，大部分苦力都从店家那里领到一床脏脏兮兮的厚被子，往身上一裹倒头便睡，很快就进入了梦乡。只剩下那些嗜赌如命的苦力，还在牌局上整夜厮杀。

4月5日。早上，我们7点出发。由于前天下过雨，我们穿上钉有鞋钉的皮鞋，以便于在泥泞光滑的路上行走。穿这种皮鞋走路很不舒服，但在雨天总比穿布底鞋要强，布底鞋马上就会湿透，需要整整一星期才能晾干。走过郊区，我们到达城门，城门前面有一座桥，上面写着"新河桥"几个大字。我猜想，是因为这里新挖了一条运河或水道。从河流通航的地方开始，分出两条水道，分别从东西两边穿过城市，向西北方向流去，又在下游一到两英里的地方交汇。这样船就会穿过这座城市，当地人将他们的货物运到外地出售，也可以买到他们所需的外地产品。我们走进城门，立刻向左转，沿着城墙走着。我的同伴之所以选择这条路线，是因为如果我们走在主街上，就会引起许多人的关注围观，引起不必要的麻烦。尽管看起来这项预防措施没有必要，但不走主干道却能让我更好地观察这座城市。我看到这些城墙大约 15 英尺高，但是有几个地方都年久失修，看起来是几百年前修建的，有些地方有最近修缮的痕迹。这座城市的形态呈平行四边形，东西边较长，一边长 3 里，另一边长 1 里。这座城市似乎只有一条主街，和许多小路相连接，但这些小路都不能通到两边的城墙，甚至都不能到达南北城门附近。城墙内的大部分土地，大约有9/10，都用来种植稻米，剩下的1/10 被住房占用。我不能解释其中的缘由，只知道这座城市自它建成以来，其城市环境的重要性就一直在减少。加之城内的土壤比城外的肥沃，还有一些空地，所以居民们就开始种植稻米。和城内相比，除了那些不毛之地或险峻之地之外，在郊区并没有任何空地，每一英寸土地都被物尽其用了，根本没有改善的空间。

　　从尧舜时代初直到汉朝，这座城市一直称为扬州，后来又经过多次更名，直到宋朝，这个称呼才被定名，沿用至今。明朝首位君主曾命令他的将军们在这里安营扎寨，建造城墙。当时的城墙长 3 英里，高 15 英尺，宽 8 英尺。随后又在东、南、西、北以及东北、东南 6 个方向，建造 6 个城门；现在，其中有个城门已经变成水闸。正德四年（1509 年），当时任职的地方官修缮这些城墙，在泥土城墙的表面又垒起青砖；嘉靖年间（1530 年），地方官在城墙上加盖了城垛；从那时到现在，城墙频繁得到修缮，最后一次修缮记录是在康熙年间（1670 年）。

这里最著名的山是横山，就如其名一样，它横卧在城市的西边。另一座山叫"鹦鹉嘴"，由于它形似鹦鹉的钩状嘴巴而得名。还有一个被称作"石仙"和"石佛"的垂直巨石，类似高大的人形。

城市附近的河流叫玉溪。它发源于西南方向，有两条分支，其中一支位于城市一端，大约向下流淌 1 英里后和另一支汇合。

现在部署在广德镇的军事力量有 1 名游击（少校）、1 名守备（上尉）、1 名千总（中尉）、2 名把总（少尉）、38 匹马、85 名步兵和 291 名卫兵。这些数字是记录在案的，并不能反映真实情况。

　　这里可耕地面积达 171642 英亩。在这块土地上，征收土地税款达到 50896 银两，可以换算成 13744 担大米或 1550 担豆子。除去对荒地、渔场和其他地方征收的 205 银两的税款，总计税款可以达到每公顷少于半银两。

　　城市中心有一座七层高的宝塔，处于废弃的状态。然而在城市的南边，却有一个刚刚修缮过的、三层高的、用以纪念文人精神的亭子。看到这个情况，我们也许可以认为当地人更愿意讨好文人而并非佛祖，以实现当前的进步，并获得未来生活的幸福。

　　离开扬州后，同伴开玩笑说，我们马上会看到有一个能为他人指路，自己却又不能行走的那条路。开始我并不明白他的意思。走了 10 里后，我们来到一个分叉路口，有一块刻着"徽州从这里拐弯"的石头立在那里亲切地注视着我们。噢，他说的谜底竟是这个。这两条路中，笔直的一条路通向南方，是去往严州的道路；另一条路通向西南方向，也就是我们要去的地方。再继续行进 5 里，到达河流的另一条分支，它流经广德，也半包围着广德。这条河流流向北方，河水清澈却不能通航。沿着河岸走了一里路后，遇见一座木桥，桥旁边有一家茶馆，我们进去喝了杯茶。同伴说在他之前的旅行中，从未见过这样的客栈：女主人说，他们建造这个小屋是为了给旅人提供便利。有时候旅人会在洪水过后到达河岸，桥已经被暴涨的河水冲走。在持续暴雨或木桥修缮的情况下，旅人没有地方可待，因此在这里提供食宿很有必要。我们在茶馆歇脚期间，进来6个可疑的旅人。他们似乎很乐意制造争端，引起骚乱，以便浑水摸鱼，从中获益。幸运的是，他们很快就喝完茶，继续赶路，不见身影了。

　　除了那几个看似可疑的家伙外，我们一路上很少见到行人和独轮车。之所以在位于四安和广德之间的路段能看到大量的旅人，可能是因为那个路段位于两条河流之间，一条河流止于四安，另一条河流始于广德；通过这条狭长地带将两条河的运输连接起来，可以将从一条河上卸下的货物，经过一段陆路后，再次装船继续从水路运送。在要不要在那里设立海关的问题上，中国仁慈的统治者有个明智的判断：征收通行费中获得的每一份小利益，都是收税官从百姓身上收取的，会加重百姓身上的负担。如果征收通行费的话，就会逼着老百姓寻求另外的贸易通道。因此朝廷决定不在此收取通行费，让百姓能自由地通行。

穿过这条河，继续往前走一里路，我们进到一个最浪漫的溪谷。在溪谷两边青山上长满了蓝铃花和旋花植物，清澈的溪水潺潺地穿过山谷，鸟儿们在树林中鸣叫，所有这些都让人心情愉悦，使我们旅途的疲劳一扫而空。在这里，我看到几层由红色的云母片岩构成的岩石，它们的明暗度和颜色的深浅都根据距离地表的远近而变化。岩层向西北方向向下倾斜与地平线成20度角。山谷两边岩层的倾斜角度是一样的，只要是能看到的地层，都不偏不倚地向西北方向倾斜。因此可以推断，能够使这些地层呈现倾斜状态的干扰力，完全与使这些小山丘隆起的力没有关系。事实上，它们是地层下降断裂形成的。由于东南方向远处火山的偶尔活动，使得有些地方的地面肯定有些突起，高于之前形成的整块地层，然后在西北方向下降形成几个部分，从而形成现在的丘陵。人们可能会问，在这种可怕的震动中，什么样的有机生命才能够生存下来，能够经受住这场震动呢？

穿过迂回的山谷，走在铺有路面的道路上，到达两条路交会的地方，一条转向西边，一条通向我们走过的西南边。再往前走 1 英里，有一座佛寺，十分幽静，名叫石岭寺。我们发现有三四个和尚居住在这里，他们忙于为路过的旅人煮饭沏茶，当然也会收到足够的报酬。这座佛寺修缮完好，装饰典雅，两旁的居所看上去干净得体，所以对于那些在山中搜寻奇珍异宝的植物学家或自然学家来说，如果能对招待他的和尚隐瞒他们的身份和目的，在这样一座佛寺中住上几天或几周，也没有什么不方便。据说在这个山谷中，过去总是频发抢劫事件，而和尚们会把行凶者藏在寺庙中，然后瓜分赃物。但后来新的佛寺主持上任后，就再也没有发生过这种违法行为。

纵观整个区域，有三种花最为常见，第一种是红色的花，形似倒挂的铃铛，开在几英寸高的树状茎上，叶子很少。女人们很喜欢收集这种花，把它插在头发里，而男人们则喜欢用它们来装饰他们刚刚耕过的稻田。第二种是淡紫色的花，开在大约 10 英尺高的树上，有时整个山丘的一面都开满这种花，使整个山丘呈现出赏心悦目的景色。第三种是白色的花，尽管颜色平淡，但是跟其他的花混在一起，却能产生一种喜庆的感觉。一种淡蓝色的钟形花经常被当地人大批量采摘，蒸煮后作为蔬菜食用。丘陵上种植了很多竹子，但种得比较分散，间隔较远。每当有风吹过，竹子的枝头就像鸵鸟背脊上的羽毛那样优雅地摇动。继续往前走了几英里后，又看见一座寺庙，修缮得很好，供奉掌管山川的神灵——司山大帝。寺庙中央悬挂着一块木板，上面写有经常在这里给寺庙供奉香火和蜡烛的人名。除此之外，在这块木板上还写有通知说，在冬至日这天，所有的寺庙香客都应该参加当日的烧香活动。如有人缺席，他就要为寺庙供奉一年的香作为惩罚。如此严厉的处罚使得这些村民们一般都能参加烧香拜佛的活动。我还注意到，在我们之前停歇的茶馆里，有一块门牌，就像马礼逊和记录中国风情的其他作家曾提及的那样，悬挂在每家的墙上，以便当地官员对人口进行监管。据说门牌上写有住户中每个人的姓名、性别、年龄和职业。根据中国的法律，如果没写这些信息，这个家庭的户主就要受到 100 刑杖的处罚。门牌上有一个空白的明细表，由户主填写，描述每个家庭成员的状况，长没长胡子，已婚或单身，妻子的名字，小妾的名字，孩子的名字，哥哥、弟弟的名字，姐姐、妹妹的名字，侄子、外甥的名字，侄女、外甥女的名字，表兄弟、表姐妹的名字，雇工的名字等。法律确实是这样规定的，但就像中国的其他规章制度一样，对中国人来说它只是一个形式而已，并不需要严格执行，因为门牌上往往只写有户主的名字。后来我在中国的其他地方也看到一块门牌，上面只有户主的姓名。我问他，是否会因为疏忽漏写了家庭成员的信息而受到惩罚。他回答道，唯一需要做的事情就是每年给发证官支付48银两（两个便士）就行了，不用管门牌上写的内容。这使得有关中国很重视人口统计的说辞成为夸大之词。依据这种门牌进行的人口统计肯定是不符合要求的，如果政府统计人口的数字，仅仅来自门牌所登记的人口数量，那么实际人口数量绝对远远高于地方官员呈交的数据。

阳滩铺村

晚上，我们到达一个名叫土桥或阳滩铺的小村庄，距我们留宿过一夜的广德45里远。住宿条件跟我们之前住的客栈差不多，房间没有任何光亮，只能从门口透进一些光线。但和我们以前住过的地方相比，现在住的地方有一个优点，那就是房间铺有木地板。房间又小又矮，三张床和四袋行李包就占满了房间，举手就可以触碰到头顶上方的顶棚。房间黑也有好处，使我们看不见房间内厚厚的尘土和乱七八糟的蜘蛛网。小卖铺的墙上贴着一个告示，劝告人们应尽快将死者下葬，不要听信风水先生选择好吉日和福地后再下葬的说法。如果按风水先生所说的来做，选择一个吉利墓地需要数月或数年的时间，那么死者在下葬之前就要摆放在家中。我们的那些苦力尽管已经在广德州赌了一天一夜，仍然赌兴不减。住下后，他们洗了脚，然后开饭。刚吃完饭，他们立即到后屋开始赌博。从他们屋子里传出乱哄哄的吵闹声和嬉笑声，显然这次他们的赌兴比以往更浓。敲打桌子的砰砰声，扔来扔去的银两咔嗒声，一直持续到大半夜才停止。我以为在扛行李出发前，他们需要小睡一会儿。然而，当时的情况是，那个最喜欢赌博的苦力输掉了所有的钱，而其他人并不想重新开局。在我们到达这家客栈时，我的旅伴看到客栈中有些看起来很可疑的人，他们喋喋不休地打听别人的隐私，又厚颜无耻地吹牛，缺乏起码的诚意。他们的所作所为让我的朋友不觉警觉起来。为了安全起见，他们尽量不让那些人看见我，所以他们请我待在我们黑暗的房间里，直到开饭才出来。晚饭后，我到后花园散步。这个村庄建在山脚下，山很陡峭，林木茂盛，就像耸立在房子背面深绿色的屏幕，给周围投射上了一层昏暗的色调。经历过一整天太阳的暴晒，这里习习的凉风让人感到神清气爽，十分舒服。享受过晚风后，我走回房间睡觉。

柏店村

4月6日。今天是礼拜日。尽管我希望在礼拜日能保持安静，但我不能说服同伴们做到这一点。客栈里那些形迹可疑的人让他们感到不安，所以他们想尽快启程。走在路上，面对仁慈的上帝，我的心情久久不能平静。上帝把这世间美丽的情景展现在我面前，又将他亲爱的耶稣馈赠于世人，我却在纪念耶稣复活的基督教安息日中不能安安静静地做礼拜，真是感到愧疚。走了15里后，我们来到一个名叫柏店的地方。那里有一条大河，流向北方，可以通航木筏。河上有一座由 7 个石头桥墩支撑的桥，其中一个桥墩顶部是拱形的，其余的顶部都用平椽和木板覆盖。桥身长 180 英尺，宽 20 英尺，但有些地方已经年久失修了，所以过河的人一般会绕过它，从一座比河面高出 20 码的临时便桥通过。河流底部覆盖着浅色的沙子，经检验，沙子的成分有石英、长石、云母和角闪石，而这些都是从南方的花岗岩山地和片麻岩山地冲刷下来的，河流在两座山脉间蜿蜒前行。近些年，河底的沙子量一直在增加，因此河床明显上升，每次大雨过后，河水都会漫过河岸。以前小路沿着河边行进，现在已经移到河岸较高的地方。在有些被高高的岩石围绕起的河流地段，旅人们只能等到暴涨的河水退去后才能通过。如果河底的沙量按照这样的速度增加，河边的道路将不能通行了，必须另辟蹊径。这条河流的河床虽然很宽，但通常的水流量并不大，只有在下大雨的时候，河水才能填满河岸。

柏店是一个小村庄，居住着三四百号村民，拥有数个餐馆和肉铺，是典型的中国人聚集地。再继续前行 1 到 2 英里后，我们到达一个仅有几户人家，被称作三梅的小地方。经过三梅后，我们又看见了我们之前遇见的河流，然后我们沿着河岸继续向前走了数英里。在这段路程中，我们看到很多岩床，以10度、20度甚至50度的不同角度向东北方向倾斜。最后，我们看到一座最近才经过修缮，供奉着伏魔东平王的寺庙。为寺庙修缮捐助者的名字被刻在石碑上。从石碑可以看出，有两个家族对寺庙修缮做出的贡献最大。从这里开始，小路突然转向西边，离开这条河流，向山丘地带延伸。我们在低山丘陵地区走了20里后，看到一个宽阔的峡谷，谷底有一条流向北边的溪流，上面有一座五孔桥。看上去人们只有在雨后河水上涨时才走这座桥，因此过桥的人并不多。通常人们为了少走一段路，往往踩着溪水中的一块块岩石过河。看起来这座桥建造得比之前的那座要好，还不需要维修。这条溪流包含两条分支，并排流淌着，当河水暴涨时，可能会汇在一起。在第二条分支之上有一座木桥，建桥时肯定没有预测它有阻挡暴涨河水的能力，所以必须不断进行改造。经过这两条溪流，我们到达阳溪，在那里住了一宿。然而，就像在土桥一样，我们必须提防那些滋事的家伙，他们借口搜查禁运货物，来检查我们的行李，把我们卷入麻烦中。幸运的是，我们没有落入魔掌。

河渡镇

　　4月7日。一清早，一些闲人就聚集在我们过夜客栈前边的街上。当他们从旁边经过时，我们听到他们正在谈论我的长相，谈论着我和他们长得不一样的地方。我们加快脚步，直到看不到他们为止。这三天以来，我们走的道路总是在海拔三四百英尺的小山中，山与山之间是狭窄的山谷，道路两旁只有一块狭长的耕作地带，不超过 1000 英尺宽，上面种着小麦、豆子和芥菜籽。现在它们都在生长期，到了五月份就会被收割上来，然后把土地腾出来种水稻，稻米是中国人的主食也是生活的必需品。除了这个狭长的耕作地带，其他的山地只能种植竹子和杉木，用来作为建造房屋的材料和做饭的柴火。这座山丘的岩石多半具有原始地层的特性，薄层呈淡黄色，但随着板层不断降低，混杂在其间的角闪石也就越来越多，因而岩层越厚岩层的颜色就越深。从这里开始，山谷开始变得越来越开阔，可耕种的范围也越来越广阔。这天，我们经过一段土地肥沃、人口相对密集的路段，它是我们旅途中最漂亮的路段之一。这是一块开阔的区域，远处有一座白云缭绕的山峰，看起来比我们迄今为止爬过的山峰都要高。道路表面统一铺着黑色的大石板，保养得很好，表面被人们的脚步磨得十分光滑，显示出这条路段曾经的繁忙。继续向前走了45里，我们来到一条大河旁，河上横跨着一座建造完好的桥，一个人口众多的小镇沿河而建，河边停满了小船和木筏，呈现出一派生气勃勃的景象。这个地方叫河路溪或河渡镇。这条河叫东河，河水流向北方，和流经宁国县和宁国府的河流是同一条，最终汇入太平府的扬子江。这座桥的建筑工艺很好，维护得也不错，最值得一提的是，它并不像中国人热衷建造的那种中间高两端低呈山形状的桥，它的桥面是水平的，这样使过桥更为便利。这是一座八孔桥，长300英尺，宽20英尺，上面经常挤满了路人。小镇位于河流的两侧，是东南面的山里人和生活在扬子江低洼地区（东河汇入扬子江的地方）居民来往的交通要道。过桥的时候，我撑伞遮着脸，用固定的步幅测量桥的长度，从而引起了路人的注意。有人好奇地走过来，想看清楚我隐藏在伞下的脸；也有人看着我脑袋后面的头发，但他们没发表议论，也没有妨碍我的测量；但是我的同伴却很担心，唯恐他们发现我是外国人后，会让我们陷入麻烦之中。他们清楚地知道，由于便利的交通，这个地方有许多来自四面八方的旅游客人，其间不乏坐过海轮并和外国人有过接触的旅人，因此他们能很轻易地将一身本地装束的我认出来。再加上他们在街上和客栈的所见所闻，使得我的导游提高了警觉。他们认为我们分开走会安全一些。具体计划为：其中一个人陪着我坐轿子走在前面，其他人带着装有价值数千两银子的行李跟在后面。他们决定立即实行这个计划，但是因为找不到轿子，不得不将计划推迟到下一路段再执行。我其中的一位导游处于十分焦虑的状态，当别人睡觉后，我能听到他因为不能实施计划而真诚地叹气和抽泣。他能给人安慰的是他那种不计个人利益，看不见却能感受出来的单纯。我们食宿的客栈环境很差，尽管在那里能基本保障我们的膳宿。穿过住有老板车夫的前店，我们来到一个小屋，屋顶朝一端倾斜，从屋顶的顶部到房檐有很多裂缝，所以每逢遇到下雨天，即使是毛毛雨，它也无法顺利出租出去，只能租给半夜到达又无处可去的客人。房间

是泥土地面，所有的东西都很潮湿肮脏。小屋一边
分隔出一间卧室，这个房间除了不能用作私人住处
外，却可以适用其他任何用途，它能挡住任何东西，
却不能遮风挡雨。客栈里的过夜人是非常吵闹的一
群人。在他们的争吵声中，我听到了"鬼子"两个
字，但我却不能分辨他们指的是一个特定的外国人，
还是彼此之间的责骂。我的同伴告诉我，他们有几
次听到我在睡梦中，大声用马来语喊着什么，这就
足够激起别人最强烈的怀疑了。

宁国县城

4月8日。第二天早上，我们终于离开这家破客
栈，动身前往2英里外的宁国县，大家都很高兴。
沿途我们看到一座泥土搭成的祭坛，大约8英尺高，
占地面积约为40英尺或者50平方英尺。在春天和
秋天的节日里，这些地方就成为祭祀土地神和谷神
灵的场所，但是与犹太人的燔祭坛有所差别。继续
往前走，我们遇见一群人在三名官员的带领下，在
一座寺庙前上香。因为距离太近，我们的导游不觉
地高度警觉起来，唯恐这些目光犀利的官员会发现

我们这群人中有什么异样，然后想尽办法给我们扣上"莫须有"的罪名。我们急急匆匆地从他们身边经过时，看到这些地方官携带的牌匾上书写着"宁国县正堂"的字样，也就是宁国县县令的意思。又走了1/4英里的路程，我们到达宁国县城。根据中国人公布的数据，宁国县城距宁国县府城东南方向90里外，距我们刚离开的广德州以西45里，距我们即将到访的绩溪以东110里。宁国县城始建于三国时期（公元220年），后于宋朝（约公元10世纪）时期进行了重建。县城经历衰败后，于明朝正德年间（公元1506年）进行过彻底的修缮。从城墙的砖块和灰浆可以判断，这里的城防最近几年一定经过彻底的修缮。据中国人讲，城墙大约5190英尺或1英里长。通过我绕墙走的步数计算，我判断这个城墙全长约3里，很接近中国人的数据。城墙高15英尺，在每个城门上有炮眼和制作精良的半月形堡垒。虽然城市很小，但却紧凑整洁，体现了典型的中国城镇风貌，和他们绘制的地图非常吻合。宁国县以出产茶叶，尤其是松萝茶而著名。除此之外，它还出产大麻、清漆、石灰、亚麻籽油、冷杉、姜和栗子，还能大量地生产纸张。宁国县和绩溪之间是一片山丘地带，最著名的就是笼丛山，据说在那里的羊肠小道上，以前经常出现土匪强盗的身影。

城市西边有一座亭子，三层高，叫文祠亭。继续前行，又有一个平台，供奉着祭品，呈四方形状，6 英尺高，30 英尺宽。我们还看到一种多面堡垒，可能是古代设防的营地，现在已经完全被遗弃了。

离开宁国县城，走了半个小时后，我们再次进入山中，在蜿蜒的山谷中穿行。这里的山谷比我们之前遇到的还要狭窄，山谷的两面挨得很近，只留下一条很窄的小路通行。但是这条路却是用 3 英尺宽的板石铺成的。晚上，我们到了名叫桥子铺或潘龙铺的村子。

乘轿子旅行

4 月 9 日。由于路走多了，我的脚很痛，所以大家认为应该雇佣几顶轿子，我们坐轿子前行。其中一个导游跟我在一起，其他人分坐在其他几顶轿子。和那些轿夫达成的协议是，抬我们走 230 里路，每顶轿子支付 3600 两银子。除此之外，我们还得管吃管喝。这种管吃管喝的模糊协议很快让我们付出了

高昂的代价。因为这些家伙们每天要吃三顿有米饭
的正餐，另外每天还要额外提供一碗面条、十杯茶
和茶点。所以最后一算账，每个人一天在这方面要
额外支出 300 两银子，几乎占抬轿费的一半。由于
这些轿夫比扛行李的苦力走得快，当轿夫们超过苦
力的时候，轿夫和苦力开始用语言礼貌地攻击对方。
轿夫说："不好意思超过你们了。"而苦力则大声回
应道："你们没有一点点起码的同情心。"最后轿夫
答应超过他们后走慢点，在前面等着他们，才结束
了争端。走了数里后，我们遇到一段上坡路，又继
续走了 10 英里，到达一座海拔 1000 英尺的山下。
在这里，我们不得不下来走路，因为轿夫们没法在
这十分陡峭的山路上抬我们上山。山顶有一家茶馆
和一座小寺庙。上山的路上，我发现一些人在熬石
灰。经过检验，那些用作熬制石灰的石头，是一种
中间有亮晶晶白色纹理的深色大理石。人们从山体
两侧挖出这种石头，再用伐自山顶的杉木作熬石灰
的木柴。转向另一个方向，我们可以看到一座好像
是火山遗址的锥形山脉。再走近一些，我们发现山
顶分为两三个山峰，最后我们看到一些类似死火山
口的地方。可能当时在这里，地球表面引起运动，

导致周围的岩石发生移动，一些向东北方向滑落，其余的向西南方向滑落，从而形成了斜面地表层。

山脚下有一条溪流，一座木桥横跨在溪流上，河对岸是胡乐司镇。流经这个地方的河流是河渡镇东河的一条分支，稍低于两条河流汇聚的地方。胡乐司是一个繁荣的大镇，这里的人们主要从事购买和运输谷物和木材的生意。他们把从山里买来的粮食和木材用竹筏运输到宁国府，再从那里运输到更大的地方。我们沿着河岸向西南方向走了约 7 英里后，到达观音桥或丛山关，在那里过夜。从早上算起，我们今天已经走了 20 英里路。

绩溪城

4 月 10 日。我们继续沿着一块雨水充沛富饶肥沃的山谷行进，这里盛产小麦和豆子。在两行小麦之间的垄沟中，套种着豆子，垄沟挖得不像更潮湿地区的那样深。继续走了 20 英里，我们到达绩溪城，这里的城墙低矮，年久失修，其实在很多地方已经完全毁掉了。轿夫们坚持要我们下轿徒步穿过市区，我们只得照办。幸运的是，我们没有引起当地居民的注意。在西门，我们的苦力没有找到什么令他们满意的休息的地方，他们只能坐在城门口吃一碗面条，顺便歇歇脚。所以我不得不在这个众目睽睽的公共场所，坐了将近一个小时。幸运的是，我们也没有引起路人的注意。喝完茶之后，我们安静地通过城门。

城门之外，我们从许多矗立在道路上的牌坊下面穿过。这些牌坊，是为了纪念那些曾经为绩溪增添了无上荣光的贞洁烈妇而建立的。这些牌坊十分高大美观，展现了当地人认为值得尊敬的女性美德。这里有一条西南流向的河流，流经徽州，然后跨越浙江省北部，最后注入杭州湾。绝大部分的上等绿茶都是通过这条河流被运送到宁波和上海。河上横跨着一座七拱桥，约 250 英尺长，20 英尺宽，建造得非常坚固，一条平坦的路在上面铺展开来。

绩溪县最早建于梁代（公元 502 年），起初的名字是良安，但之后被移除在梁代统治的区域之外，直到宋朝（公元 770 年）宋太宗时期，它作为一个城区，被命名为绩溪。这一名字源于流经该地河流的两条分支相互交织，因此得名绩溪。城墙是在明朝嘉靖皇帝在位的最后一年，即公元 1566 年，由地

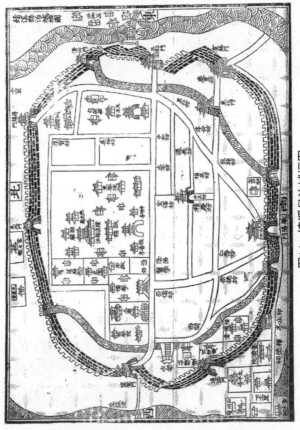

图14 绩溪县治城垣图

方官员建造。

康熙三十年（公元 1691 年），一位慈善家自费在新岭修建了一条新路。新岭是位于绩溪和宁国之间的一座山，此善举使翻越此山的路人节省不少力气。

绩溪的城墙周长有 8410 英尺，接近 2 英里长，有 8 座城门。地方官员的住所在城区北部，那里有一个学堂和会试考场，还有公共粮仓以及医治老人的诊所。

从康州到这里的岩石层由黏土岩和石灰岩构成，且朝南倾斜。在这里，我们又看到了砂岩，而且朝着相同的方向倾斜。我们在绩溪地区看到许多由水驱动的磨坊，用来舂米和洗米，或是研磨小麦。然而，磨坊的轮子做工粗糙，而且整个磨坊都是用木头做的。

雄路镇村

在绩溪镇南面，大约 3 英里远，我们来到了一个叫做雄路镇的村庄。经过这里的时候，我们被一群乞丐包围了，他们吵吵嚷嚷地要钱，把手伸进轿子里，讨不到钱绝不罢休。我跟他们说我身上没有带银两，钱都由我的同伴替我保管。但是他们并不相信一个坐得起轿子的人身上会完全没有钱，而且在他们看来，没有人会把自己所有的钱交给同伴保管，所以他们缠着我要钱，直到我的同伴过来才救我于水火之中。这之后，我想我最好还是随身带点铜板，以免以后再遇到此等烦心事。这里还有一些看起来鬼鬼祟祟的人在我们身旁游荡，他们似乎想要窥探我们的秘密，想从我们身上发现点什么，然后去告官，以便为自己搞点赏钱。但是我们避开了他们，然后在临溪休息了一晚。

我们今天走过的路修建得很好，路面很宽，中间铺着石板，道路两侧还铺着小鹅卵石，很便于马车行驶。铺在路上的石板是由蓝色的石灰岩构成的，有的长度超过了 10 英尺，宽度超过了 2 英尺。这里土地肥沃，人民生活幸福安逸。我们今天走了 70 里路，约 21 英里。

徽州城

4月11日。经过 40 里路行程之后，我们来到了徽州，进城的时候我们看到有四个游手好闲的流浪汉躺在路边，他们大喊着让我们停下来。然而我们没有理睬他们，继续往前走。

去往徽州府城的路途经歙县城，歙县后来并入了徽州，成为徽州最东面的一个县城。这两座城都有城墙。徽州的城墙为歙县的一面形成了防御。其他三面歙县的城墙，在高度和坚固性上都不如徽州的城墙。外来人踏入歙县的城门时，不能立即看到城区里的房子，因为它们都被城墙之内的一些小山丘挡住了。因此歙县的城墙似乎只是徽州城防御的一个外垒。我们从新安门进入城内，这座城门位于徽州东北方向，城墙之内只有为数不多的几座房子。居民区在歙县城的左边，而我们路过的地方是官员居住的地方，所有官方机构坐落在这里。徽州城的主城门是紫阳门，位于徽州城的东南部。

歙县作为一个城区，据说可追溯到秦二世统治时期。秦二世是秦始皇的继承人，秦始皇曾在公元前246年下令焚书。歙县的名字源于一个同名的沼泽，那片沼泽就位于这座城镇的南面。唐朝时期从这片区域内的鄣山采掘出了银和铅，但是没过几年，这里的矿石就被挖完了。这座城镇原本是没有防御的，但是明朝的时候，日本人袭击了这里，致使地方官员建立起了城墙，并在嘉靖三十九年（公元1560年）完工。城墙约10000英尺长，即2英里长，高约30英尺。墙顶部有10英尺宽，底部宽20英尺。建立这座城墙花费了约10万两银子。一位中国作家这样写道："人们这一生最快乐的事莫过于没有烦恼。这说的正是歙县自建立以来190年间的样子。在这段时期，人们对战争和混乱闻所未闻，直到那些凶残的日本人突然从东部袭击了这座城镇，穷人们为了躲避他们，都涌进了有城墙的城镇。但这些城镇根本容纳不下这些互相踩踏蜂拥而至的人群，由此建设更多有城墙的城镇就显得非常重要。因此，统治者让高官富人出钱，并号召村民捐款，到后来妇女和医护人员也纷纷站出来认捐，共筹集了800两银子；一些人卖了部分土地来支付修建城墙工人的报酬；还有人为工人写歌来歌颂和铭记他们的辛勤贡献；与此同时，还有人提供物质上的支持；这样一来，城墙得以修建完成，城镇的安全也得到了保障。"

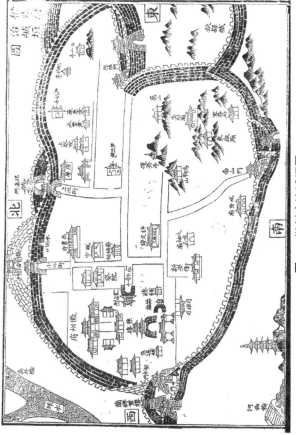

图15　徽州府治城垣图

从歙县城到徽州城要通过德胜门，它位于将两座城市间隔开来、呈南北走向城墙的中间部分。城门很宽敞，上部呈半月形，一个城楼建在上面。穿过这个城门沿路而行，然后转一个急弯就进入了城市的主干道。在这里能看到许多具有纪念性的牌楼，是为了弘扬那些贞洁妇女的精神而建立的，她们为徽州城增添了无上荣光。这些牌坊数量可观，装饰得十分奢华，以致让外来人认为这个国家所有品德高尚的妇女都聚集在徽州了。我们刚踏进城门，就遇到了一个官员，他坐在轿子里，后面跟着许多随从人员。我们的轿夫立即停了下来，让我们下轿，让这位大人物先过去。他面目黝黑，仔细地盯着我看，但是我拐进了一家店铺里，以避开他的进一步监视。徽州城的主街道很长，上面挤满了忙碌的人们，他们无暇留意我们，所以我们能够安静地在大街上行走。我们沿着一条叫做十字街的主街道继续往前走，街道右边有公共学堂和粮仓，街道左边的一块高地上坐落着许多寺庙。然后我们走到了一条贯穿南北的街道，正是因为在这里形成了一个十字路口，所以这条街叫做十字街。我们通过一个叫做迎和门的牌楼，然后穿过一个宽阔的广场，广场的路面很好也很干净，广场后面就是徽州府。就在西城门附近，我们的轿夫坚持要坐在这里喝点面条汤，因此我们不得不到旁边的一家茶楼里躲避一下。就在那时，走过来几位巡捕，这让我的同伴不觉地紧张起来。他们在我们所在的茶楼前站了一会儿，手指来指去的，好像在寻找什么人。也许我同伴的担忧有些多余，因为那些巡捕正在忙着调查什么事情，哪有空闲管我们。离开茶楼，继续旅程，我们跨过大徽州河，河上横跨着一座多拱桥，桥长约 750 英尺，宽约 25 英尺。有一个桥拱破损得很严重，人们只得在桥面上铺上木板以供通行。从桥上走过，我们看到河边上搭了个舞台准备演戏，在雨棚下放置了成排的板凳，一些穿着讲究的妇女已经坐在板凳上等待演出开始。

在距离这里不远的地方，我们路过另一座七拱桥，这座桥构造精良，保养得也不错。过了这座桥，是一条向西通往休宁的路。为了让读者更好地了解徽州的桥，我们附上了一幅紫阳桥的草图（见图 16），紫阳桥位于上述所说的徽州城的南部。这幅草图是由当地的艺术家所画，尽管此图的透视点和比例都有缺陷，却也能向我们展示这个地区中国桥梁的特点。

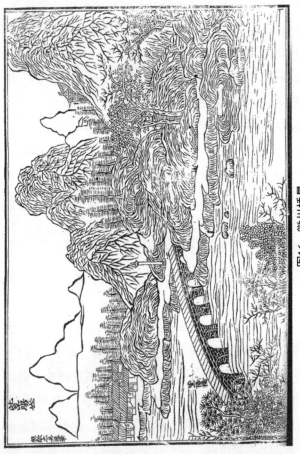

图16 徽州桥景

《尚书》中曾提到过徽州城，早在公元前 2200 年大禹统治时期，徽州城就存在了，当时名为阳州（详情可见英文版《尚书》第 97 页）。根据孔子的记录，在他所在的历史时期（公元前 500 年），徽州是吴国的一部分，并从徽州的山丘一直延伸到上海附近的海岸。吴国灭亡后，它又成为越国的领地，后来成为楚国的领土。秦始皇 25 年，整个地区被称为鄣。汉朝光武帝时期（公元 17 年），属丹阳郡，汉献帝统治时期（公元 203 年），被命名为新都。晋朝时（公元 264 年），改名为新安郡。在隋朝开朝皇帝隋文帝统治期间（公元 598 年），又改名歙州。宋徽宗统治年间，被叫做徽州，一方面是因为这里景色优美，还有一个原因可能是为了赞扬在位的皇帝。后来，这个名字偶有变化，一直保留到今天。

徽州城东西横跨 390 里，南北纵越 250 里，距离南京 650 里远，距离北京 4000 里远。城墙周长 11340 英尺，或略长于 2 英里。城墙高从 17 英尺到 20 英尺不等，厚度从 8 英尺到 10 英尺不等。城墙的形状为长方形，南北要比东西长一些。徽州城共有 5 座城门，每个城门顶部呈半月形，上面建有一个城楼。城门处有军队驻扎保卫。城墙的不同地方还设有 7 座塔楼，目的是为了监测是否有敌军接近。城墙的三面环绕着一条护城河，河宽 24 英尺，深 12 英尺。在没有护城河的一面，群山则足以充当很好的防卫。

屯溪镇

离开徽州城后，我们往南走。走了大约 10 里路之后，我们注意到这条路宽约 6 英尺，路上铺着浅色的大板石。在距离徽州城 39 里路的地方，我们看到了一座小山丘，约 300 英尺高，山的顶部是圆形的，且全部由红色的层状砂岩组成，周围还有许多同样的山丘。又走了 10 里路，我们发现这里房子的地基都是用铺路的浅色大板石建造的，而寺庙前旗杆的底座全部都是红色的砂岩构成。我由此推断这个地区有很多这样的岩石。通过观察，我发现这些砂岩并不是人们习惯用来磨刀和磨斧子的那种粗糙而坚硬的石头，所以那些寺庙和房子的支撑墙，随着时间的流逝很多地方破损得非常严重。又前进了 10 里路，轿夫希望在一个小村庄停下过一宿。但是当时我们离一个大集市不远，而且我的同伴想要到那里拜访朋友，因此轿夫们被迫继续前行。为减轻轿夫负担，我们下轿子自己走了一段路，最后到达屯溪。

屯溪位于北纬 29.48 度，东经 2.4 度，在北京的东面。尽管没有城墙包围，却是最大的绿茶交易区之一。屯溪坐落在注入徽州河的县港河边。县港河长约 3 英里，沿岸居住着至少 10 万居民，大多居民都是茶商，他们从附近农村收购茶叶，然后经过加工和分类，从经过徽州的水路运往上海。如果他们想要找到更好的市场，只能翻越大山，向西运输，然后再沿着经过婺源的河流向下，到达鄱阳湖，再向南运往广州。

屯溪镇不仅有大型的绿茶生产线，还有各种与绿茶包装和运输相关的手工艺品。另外还有众多的小店主，他们给茶商和相关的手艺人出售食物和衣服。每年有 700 垛到 800 垛，茶叶从屯溪沿着上述方向运输。我的同伴和其中一个茶商很熟，我们在这个茶商家暂住一宿。我们下轿时受到了主人的热烈欢迎，他的热情好客让我们感到很开心，而且他对我们很友善，也很尊重我们。我们先是享用了热乎乎的粉条汤，到了晚上，主人在中堂为我们准备了一顿盛宴。但是桌上的灯很暗，为了避免有人评论我的眼睛，我又戴着一副墨镜，因此我看不清我面前是什么菜。加之我又不会使用筷子，所以好不容易才从桌子中间的盘子里夹起的几片肉，在放入我面前的盘子之前或送到我嘴边之前就掉了。善良的主人注意到我的窘境，坚持要帮我夹菜，他把最美味的食物夹到了我的盘子里。然而，他一定看到了我笨拙的夹菜的动作，这是中国人不应该犯的错误。事实上，他很有修养，把我一次次将菜掉在桌子上的原因，归结为我对使用筷子的方法还不熟悉。他的儿子是个二三十岁的年轻人，他一定认为我这个客人很奇怪，因为我发现他注意着我的一举一动，从头到脚地打量我。所以，当盛宴结束，我们从光线不太好的饭桌撤下来，移步到光线更暗的地方去坐着的时候，我很开心。主人在那里和我聊天。他特别向我打听一家最近刚刚在上海成立的新公司的情况，恰巧我知道一些这家公司的情况，我就告诉了他一些我知道的信息。与此同时，我对于他竟然对这些情况了解得如此清楚感到十分吃惊，就好像他就在上海一样。他发现我讲话的音调带点福建口音，就问了我一些关于福建省的事情，也问了一些福建人的礼仪和习俗。我们就这样一直聊到晚上，直到长途旅行的倦意袭来，才与主人告别，回房休息，并期望明天能早点启程。我们睡觉的房间在大厅后面，尽管不是非常干净，也不是非常漂亮，但是和我们寄住过的地方比，简直是一个完美的宫殿。一天的旅途让我感到非常劳累，很快便进入了梦乡。

第五章　继续旅程

4月12日。我们早早地从屯溪启程，在走了大约5里路之后，我们看到一片令人惊奇的岩石群，大约有100英尺高，伫立在平原之中。主要的岩石有两座，相对而立，中间夹着一座寺庙，这两座岩石似乎遮挡住寺庙，并形成一种保护。在这一带的道路两旁，种有许多茶树。但是这些茶树被种植在水稻田中间凸起道路上，或是在土地的边边角角上，好像它们并不是主要的种植物，而仅仅是一个次要作物。茶树长得很浓密，有3英尺高，上面冒出了新芽，但是老叶仍未脱落，新叶似乎在等着种植者来采摘似的。在这个季节，一棵茶树预计能产出1磅茶叶，但是7磅茶叶总共才产出1磅干的成品茶叶。普通人一般只喝叶茎和残次的叶子，而最好的部分则卖给茶商。

朝着这个方向前进了 10 里路之后，我们来到一座废弃的桥前，桥位于县港河之上，桥那头是一条路。由于桥断裂了，过不去河，我们不得不再多走 1 里路，到达一个渡口，然后以每座轿子 6 个铜板、每个人 1 个铜板的价格坐船过河。前进了 3 里路之后，我们穿过了另一条河南港河。在这里，我们看到有人在制作竹筏，他们先是削去竹子绿色的外皮，然后刷上黑色的清漆，他们说这是为了使竹筏在水上更轻。竹子的底部用来制作筏头，经过火烤后折成向上的弯头，这样能够让竹筏更好地穿过急流，因为这里水流湍急。今天我们在路上遇见了许多枝繁叶茂的树，还有不少生机盎然的参天大树。一个被茂密树木环绕的地方尤其值得称赞。在厚大的树叶下，羽翼丰满的鸟儿在尽情地歌唱，完全不必担心会有猎人出没。在这里，我们决定停留一下，欣赏美景，喝杯茶，顺便让我们的轿夫也稍作休息。

又走了约 20 里路，我们来到了南山古庙，这是一座位于南边山丘之下的古老庙宇。据风水先生说，曾在这里发现了龙爪，因此这里被认为是最适合建立坟墓的风水宝地，任何人只要将自己的父母埋葬于此，就能够获得帝王威仪。据说，这块地属于一个姓汪的人，他想要在这里修建坟墓，这造成了人们的恐慌，唯恐他这样做引起革命，造成朝代更替，因此，人们筹集一大笔钱买下了这块地，然后修建了这座庙。为了赞颂这块地之前的主人，他们在这里供奉汪公大帝。后来又有传闻说，当时在位的皇帝也拿出一大笔钱来修建这座寺庙，因为皇帝唯恐非皇室之人在这里建墓地会对皇室的传承造成影响。所有的这一切都是因为在这里的土壤里发现了中国人所说的龙爪。其实这些龙爪可能只不过是鱼龙或是蛇颈龙的残骸。而在我们那里，可能地质学家比风水先对这个"龙爪"更感兴趣。

今天我们路过了一个叫做龙严镇或名五城镇的大镇子。在这里，我们又看到了之前提到过的南港河，河上可以通行竹筏和小船，河水向屯溪方向流去。从这里如果走陆路到屯溪的话大约有 40 里远。在屯溪，南港河汇入县港河，然后一起流向杭州，一直到杭州湾。在这里，来自婺源的人们利用水运的便利，沿着这条河，穿越在婺源、休宁和歙县之间山脉的阻挡，将茶叶和其他商品运往宁波和上海。在这片山脉南面的所有河流都向南和向西流入鄱阳湖，通过这些水道可以将婺源的珍贵商品运往广州。

又走了 10 里路，我们来到一个叫做新岭局的小村庄。到这里时天公变脸，风雨交加，轿夫不敢冒险抬我们上山，所以不得不在山脚下一家自称为客栈的棚舍里忍受一晚。这里的居住条件只能用悲惨来形容了。没错，我们是获得了避雨的地方，但也就是只能避雨了。我们住的小屋四面漏风，用来休息的床铺臭气熏天，前几天一定是乞丐和小偷住过。他们能给我们提供的食物，只有粗糙的红米饭和一点供下饭的酱豆。然而，他们并没有忘记收钱，而且价格之高犹如给予了我们最好的住宿条件和食物一样。这条山脉好像是由黏土构成的，中间还掺杂着砾岩，山朝东北方向倾斜。

这座山叫做新岭山，据中国人说有 6000 英尺高。但是，当我们上山的时候，我数了一下我们的步数，发现从山脚下的小村庄到我们路过的顶峰不超过 1500 英尺。周围山脉的顶峰比这座山高多了。新岭山和西邻的芙蓉山、对镜山、手关山、得胜山组成了五座在本地区著名的山峰。在这些山中，有各种各样的岩洞和幽谷，中间点缀着寺庙和亭子，游客和信徒可在此小憩。在寺庙深处，和尚在诵读和传播着佛教经典。在一个亭子中间有一个石笋，

即钟乳石，有 20 英尺高。中国有一位的诗人曾在他
的诗歌中这样赞美这五座山峰：

> 形似五星山高耸，芙蓉花开入云空。
> 步步攀登高更高，不敢回头望山小。
> 蜿蜒盘旋上青天，不知何时凌绝顶。
> 莫问去往何处止，直至碧云最深处。

山顶游记

4 月 13 日。雨停了，我的同伴决定继续前行，
我只好陪他一起。但是，我把我的想法传达给了上
帝，上帝喜爱怜悯，不喜牺牲。坐在轿子里，我可
以通过熟读《圣经》来让自己头脑清醒。我们接连
走过前面提到的五座山。一路上路况都很好，铺路
用的石头都很平整，有 6 英尺宽，铺成了上下山的
台阶。有的地方铺的是粗糙的大理石石板，有的地
方铺的是从下面的溪流里弄来的大鹅卵石。我们看
到了一种白色的石头，好像是纯钾长石，有点像用
来制作中国瓷器的那种材质，还掺杂着一些像斑岩

一样的红色的硬石头。这些石头好像都是从附近的山上挖来的。当地人告诉我们，这些路是婺源地区一个姓汪的人铺的。有一部分要归功于一个老酒商。他为了自己的独子能够健康，倾尽财产修建了这条路。整条路的修建都是出于自愿和慈善捐款，没有政府的命令，亦没有官方的投资。构成这座山的岩石主要是片麻岩，间或混杂着一些上面提及的钾长石和斑岩。山脉的一边岩石层是东北走向，而另一边则是西南走向。因此，群山中隆起的部分必然是在中间山脉的某个地方。岩石群倾斜的角度为30度到50度，有时候岩石层刚好是垂直的。

当穿行于群山之间时，我发现这里风景美如画，简直美到了极致。群峦叠嶂，蓦然回首有一座佛寺。走着走着，就能看到纪念柱或是纪念牌坊，铭记有过善举或是道德高尚的妇女。然而，大自然的鬼斧神工比这些人工建造的艺术品更加宏伟，山脉的雄伟让周围的一切都显得微不足道。在经过这些山时，我们遇到了几个来自婺源的茶商，他们正在去买卖茶叶的路上，背着白色的长包，包的两头交叉挂在肩膀上。询问后我才知道这是用来装银子的。他们每个人似乎都携带有价值1000美元的茶叶，不加隐藏，毫无防备地就出现在这隐蔽的高山之上，而不是去那些人们常去的地方，对于那些可能垂涎他们财物的人毫无戒备之心。事实上，我的同伴也是这样。尽管有时候他们很有戒心，但是当我们在人流密集的城镇客栈居住时，那里的骗子会没事找事，把他们告到官吏那里，想尽办法压榨他们的财产。他们从不害怕山贼，也不怕有人公然抢劫。这也说明了中国这种荒凉、人迹罕至的地方的安全状况，但是这并不代表中国的城镇都能够受到地方官员的平等对待和保护。

在路过塔坑镇和茗坦村之后，我们来到了江湾村，在这里，我们看到了一条流向南方的河流，叫做婺河。这条河会流经婺源，城市的名字也因此得来，之后这条河会注入鄱阳湖。该河流是当地居民向南和向西输出商品的主要途径。离开江湾村之后，我们又走了5里路，来到了一座建造良好的宏齐桥，这座桥就建于婺河之上。桥墩非常结实，每个桥墩之间都横跨着横梁，上面钉着厚木板。我们从一个中国画家那里得到了这座桥的插图，看起来和实物不是很像。这座桥有24英尺长，桥墩之间的距离有30英尺到40英尺，桥宽15英尺。桥中间是一个亭

子，保护桥不受天气影响。在亭子下面有两个小神
龛，用来供奉神灵以保佑这座桥。在神龛旁边，有
一块木板，上面写着关于此桥的规定。其中有一条
是：乞丐不得在亭子里做饭或过夜，另一条是负重
过大的马车禁止穿行此桥，还有一条是牲畜必须涉
水过河，不得从桥上过。桥上还挂着一块木板，上
面刻着出钱建立此桥的人的姓名。根据这份名单，
婺源的官吏好像只支付了50两银子，而其他人，有
支付了100两或200两的。中国大部分的桥和运河，
还有路和其他方便通行的建筑，大多都是由私人捐
助建造和维修的。

汪口村

　　穿过这座桥之后，我们又走了约10里路，来到
了汪口村。我们发现有两条河流汇聚于此，一条是
我们已经见到过的婺河，还有一条是从西北方向的
龙尾山流过来的。两条河流汇聚于此，形成了一条
相当大的河道，可供大船通行。穿过这条河流之后，
我们在对岸的镇上留宿了一晚。但是我们住的客栈
实在是太破败和脏乱了。因为没有私人会客厅，我

们不得不和该户人家一起吃饭。这并不是一种荣幸，而是令人十分烦恼，因为所有的居住者和房客都并非来自社会上层，他们都认为与客人的肢体接触以及对客人无礼的打量理所当然，无论这些客人是谁，来自哪里。因此，我们遭受了各种各样的审视和评论。而在这种情况下，中国饭桌上的客套寒暄除了应付别无他法，就像我在前面提到的那样。以轿夫为例，他们和我们一起吃饭，就和我们过分亲昵，好像和我们情同手足一般。所有的这些我们都需要忍受，以免我们表现出的厌烦会让他们发现有人不熟悉中国的习俗。到了晚上，我们被领入里面的一个大房间里，所有人都躺在地板上，一片混乱。如果不是我们在一个极其隐蔽的角落找到了里面的一个小房间，一个像床架一样的地方，我们可能就要和他们一起躺在地上睡了。如果不是夜里被大房间里躺在地上睡觉的人时而发出的吵闹声和玩耍声吵醒的话，我们本可以在这里好好舒展开来，稍作休憩。我起身了一两次，但是我的同伴求我别动。就这样我们度过了闹心的一夜，直到黎明到来，又是时候起床了。

图 17　古城岩

4 月 14 日。我的同伴发现我们的轿夫整夜都在和客栈里的一些住客喝酒、赌博、争吵，他责备了他们，并和他们发生了争执，然后我们的轿夫扛起轿子就走了，留我们在接下来的旅途中自生自灭。就这样，我们的轿夫离我们而去，我的同伴找到了一条客船，就是那天早上在河上的那条。在船上，我们要和各色各样的人面对面紧挨着坐在一起，所以如果想要观察船上的其他人，没有比这更好的机会了。乘客们互相之间聊着天，聊的话题大多是询问对面的陌生人来自哪里，性格怎么样和打算做什么，这在这种场合十分常见。他们猜测我是个文人，刚从地方考试中脱颖而出，现在正前往省会城市谋求更高的职位。但是与观察别人以及他们的礼仪相比，他们似乎对吸烟更感兴趣。至于烟斗，是一种水烟斗，有点接近水烟袋，烟斗在他们之间呈圆形传递，一人一吸口，然后传给其他人，马不停蹄。我们今早的这段旅程大约走了 10 里水路或是更多，一路上水流湍急，穿过了岩石和树荫。船经过这些地方时，冲刺速度非常快，船上的人能做的只是为船指引方向，以防坐在船边上的人有什么危险。他们对沿途很熟悉，也习惯了这个工作，所以做起来

游刃有余，有些地方外人看起来可能会撞船，在他
们的指引下倒也安全通过。沿着河流向下时，船达
到了最大航速。但是，往上走的时候，就有点困难
了。如果我们顺流而下要走一天的路程，逆流而上
至少要 10 天。往北看，远处有一座山丘，我们看到
了一些擎天石柱，或者说是相当高的山峰。这些石
柱似乎位于高湖山，这座山隔开了婺源和休宁。这
座山因为高山之上的一个湖而得名，湖占地面积十
几亩，四季长流，从不干涸。我们看到的山峰是摩
夫顶和斧峰。斧峰名字的来由是因为它的形状很像
一把斧头。摩夫顶的一面有一个洞，洞里会有气体
和烟冒出来，因此中国人把它称作"通天穹"，意思
是通向天堂的入口。我们附上了一幅中国画家画的
风景草图（见图18）。

　　河边的岩石层向南倾斜，两岸森林茂密，绵延
不绝，呈现出一派千变万化但又令人赏心悦目的景
象，大大缓解了旅途中的单调与乏味。在行进了 40
里后，我们到达了我同伴的家。他离家差不多已有
两年，所以我很好奇，在这种情况下，一位中国的
父亲回家时会受到什么样的待遇。刚走进村子，便
有一两位村民认出了他，但并未停下来交谈，他则

图 18　摩夫顶图

径直往自己的住处走去。一进家门，他便看见弟弟正坐在客厅里剥着豆子。自离家以后，他便让弟弟暂时替他照看家里，连同与弟弟的小农场相邻的田地也交由弟弟来打理。弟弟在认出他之后，只是朝他点了点头，随后便起身，把剥好的豆子放好，开始扫地，似乎扫地很有必要。随后，他的妻子走了进来，她没有与他打招呼，而是开始擦桌子，摆好茶杯。他的女儿，一个 18 岁的年轻姑娘，同样表现得很冷淡，她和妈妈似乎只关心爸爸带回来什么好东西。他的行李还没有到，她们虽然充满好奇，但只能等待。

4 月 14 日至 18 日，我一直都待在他们家里，一边享受热情款待，一边等待我另一个旅伴的到来，我将与他进行下一步的旅行。在此期间，我有机会了解中国家庭内部结构是怎样的。我特别想描述一下内部陈设。房子整体很小，前厅和中间的房间是用来招待客人和吃饭的，像一个棚子，前面一侧是开放的，另外三侧是其他房间，有一个是猪圈，还有一个则是我睡觉的房间。房子的地面是由普通的泥土铺成的，地面有些凹凸不平，但家里人并不在意。由于下雨时，人们不断地进进出出，脚会带来额外的土，但大家并不会在意是否踩在那些原本土很少的地方，经常路过的地方则泥土不断堆积，这也就导致了从前门通往里屋的过道比那些不常踩到的地方要高。说到保持房间的干净整洁，这种泥土铺成的地面具有独特的优势。所有的液体立马就能浸入土里，小的杂质也很容易被踩进土里。至于从桌上掉落的骨头，则会被饥饿的小狗高兴地叼走。地面泥土散发的味道，以及一侧的猪圈和前面脏脏的排水沟的味道，对那些不习惯的人来说是很讨厌的。但由于与房间的其他部分保持了风格上的一致，这也就不足为评了。用来招待我的房间能够很好地抵御严寒，由于在这里我可以休息得很好，其他的不便之处便没有那么难以忍受了。妻子和女儿住的房间相比招待客人的前屋就稍差了一些。那间房也是有一侧是开放的，以便让阳光和空气进来，房间的地面是泥土坯子铺成的。住宅的另外一个房间，是一位茶商的私人住处，他常年奔波于广州和上海之间，力不从心地与外国人做生意。

这家人的房子很简陋，但餐桌上却从不缺少食物。女主人似乎为每一餐都能呈上新鲜且精美的菜肴而感到骄傲。在她丈夫不得不外出做生意的时候，她总是让我多吃点儿。如果我没有吃掉桌子上至少一大半的食物，她似乎就不高兴。尽管中国的礼仪禁止她与陌生人坐在同一张桌子吃饭，但她会站在桌子的一侧，或者不时地从里屋走出来坚持让我多吃点儿。她好像害怕，如果丈夫发现自己的客人受到了怠慢，就会责备她一样。她未出嫁的女儿经常在堂屋里进进出出，通常穿戴得都很整齐，一双脚非常的小，穿的鞋子不超过 4 英寸。她每天主要的工作就是喂猪，她做得很认真，差不多每隔半小时就去喂一次，因为一次性把猪食喂完并不好，而是要少量多次。因此，她似乎一天都在堂屋里穿来穿去，提着泔水桶去喂猪，而小猪们似乎在她的精心照料下也快速生长着。

房子一隅摆放着一套用来生火泡茶的铜制器具。在采茶季节，他们家以及这个地区的每户人家都将精力放在茶叶上，他们夜以继日地劳作，直到让茶叶能达到市场销售的要求。随后，将茶叶进行采摘，或分拣，通过这个方法获得不同等级的茶叶，有普通的熙春茶，也有上等的帝王茶。茶树长在房子周围每一处不适于种水稻的地方，比如篱笆下面，以及将稻田分开的小路上，而不是在正规的种植园里，似乎茶叶种植不及五种主要农作物的种植重要。

婺源城

婺源城距我寄宿的房子仅 10 里远，建立于唐玄宗二十八年（公元 740 年），因临近婺河而得名。城墙修建于宋朝，据说有 5310 英尺长，比一英里略长。婺河环绕着城墙的北、东、西三面流动，因而在这三面形成护城河。而余下的一面则临近护城河，该护城河有 20 英尺宽，8 英尺深。然而城墙的防御功能在嘉靖四十五年（公元 1566 年），由于来自浙江省的匪徒的入侵和破坏而逐渐丧失。当时的县令命人对城墙和护城河进行了修缮，并将城墙的长度增加至 9000 英尺。该城现有 5 个主城门，由半月形的堡垒组成，而另外 3 个小的城门则是为了方便市民的出行。县令的住处就在市中心附近，位于通往东、西两门的主干道的北侧。主干道上建有两座拱形城楼，都带有瞭望台，并分别位于县令住宅的左右两侧，不仅为通往县令住宅的入口锦上添花，而且促使人们敬畏自己的统治者。临近西门的是贡院，

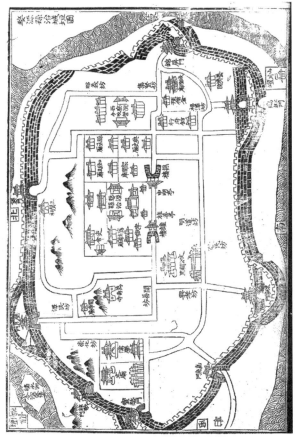

图19　婺源县治城垣图

与文帝庙相邻。市区的东南角是一家接待老人和身体虚弱者的医院，而在东北角则是军队的营房。

　　婺源城在杭州府西南方向240里。该地区东西长220里，南北宽150里。东离开化市190里，西离浮梁市155里，南距德兴市105里，北距休宁市180里。

　　为了让读者对文中所提到的各区域的资源和支出有一定程度的了解，本文摘取徽州府人头税、土地税以及各种税目的支出总和，从而计算出上交国库的余额。

人头税

首先估算婺源县男性户主的人数	30718
通过人口普查，发现增加	2193
最终总人数为	32911
减去享有特权及免征人头税的人数，如朱夫子（朱熹）后代、士绅阶层及有权购置房地产的阶层的后代，如进士、举人、贡生、监生	673
得出最终需要缴纳人头税人数为	32238

估算出在婺源边界购买土地，并居住在当地农

场应缴纳税费的江西乐平、德兴区的人口数　　87

婺源县男性人数以及居住在所购买农场的人数
总数为　　　　　　　　　　　　　　32325

设婺源县男性户主每人缴纳的银两为

0. 10458455912

有 32238 名男性，则有　　3371.59701691056 两

设在婺源边界购买土地的男性户主每人缴纳的
银两为　　　　　　　　　　　　　　0. 103

有 87 名男性，则有　　　　　　　　8. 961 两

按估计的 32325 名男性算，总银两数为

3380.55801691056

田地税

首先估算出稻田的面积。

旱地的面积，735 公顷 97 亩 7 分 4 厘 8 毫，平
均每亩旱地的面积相当于 6 分 1 厘 5 毫稻田的
面积；

山地的面积，1215 公顷 22 亩 3 分 3 厘 6 毫，
平均每亩山地的面积相当于 2 分 2 厘 2 毫稻田的
面积；

路堤的面积，16 公顷 47 亩 2 分 5 厘 8 毫，平均每亩路堤的面积相当于一亩稻田的面积。

稻田总面积，平均面积：计算旱地、山地、路堤的总面积。

公顷	亩	分	厘	毫
4291	50	1	6	9
452	62	6	1	5
269	77	9	5	8
16	47	2	5	8
5030	38	0	0	0.2

中国的 1 亩为 1/6 英亩，100 亩为 1 公顷。

估算每一亩的银两数为 0.674913134436，则总银两数为 33950.6953455573

初步估算出江西乐平、德兴居民在婺源边境购买的农场里不用于种植粮食的稻田产生的劳役费以及村庄税，平均为每亩稻田为 0.168398737 两，而这样的稻田总共有 75 公顷 54 亩 2 分 5 厘 2 毫，总银两数为 127.14552

合计为 34007.8408655

每亩旱地付 0.005 两，旱地总共有 4 公顷 37 亩 6 分 3 厘 2 毫，总银两数为 2.18816

每亩山地付 0.005 两，山地总共有 8 公顷 89 亩 4 分 5 厘 6 毫，总银两数为 　　　　　4.44728

每亩路堤付 0.01 两，路堤总共有 18 亩 4 厘 2 毫 2 丝，总银两数为 　　　　　0.180422

合计总银两数为 　　　　34084.6567275573

减去朱夫子（朱熹）后代、文人学士后裔、廉惠地租收益需缴纳的税，总共为 20 公顷 40 亩 1 分 1 厘，平均每亩的银两数为 0.02614765627，需扣除的总银两数为 　　　　53.344095329897

则余额约为 　　　　34031.31263227403

土地税实物支付

假设每亩土地上交 0.01309284786 担稻米，则 503038 亩土地总共为 　　　　6586.2

假设每亩土地上交 0.00072559131 担黄豌豆，则 503038 亩土地总共为 　　　　365.0

合计为 　　　　6951.2

一担约为 $133\frac{1}{3}$ 英镑。

上交给省治的各种以
慈善为目的之费用

初步估计婺源县需上交的银两数为　　　30

田地出租的租金收入　　　　　　88.6675

计入总分类账户，用于为穷苦人民购买衣物、

燃料、棺材的支出　　　　　　　30.0000

余额为　　　　　　　　　　　　58.6675

（注：各种杂物支出不计入总分类账户）

因向省治上交税款而产生的费用

婺源地区常规支出的银两数为

31504.95607869321

上述所有项目的运输费用为　291.261049936675

每年用于生产丝绸、寝具、坐垫的材料费用

261.9838

支付给搬运工以及交易损失的费用　75.6769992

合计总费用为　　　　　　　628.921849136675

以下将列举不用地区、不同账户的加计与扣除项目。

上交给省治用于购买
各种物品的费用

婺源地区初步估计的银两数为

	166.513813357127
购买寝具与坐垫的费用	15.897
运输费及交易损失	0.5712
合计总费用为	182.98201337127

下面将列举构成上述总价值的产品名称，即朱砂，辰纱，乌梅，靛蓝染料，桐油，白铜，茶叶，黄蜡，白蜡。这些物品一年以实物支付，另一年则以现金支付。在以现金支付的年份，县令根据物品原本的固定价值进行计算，而运输费及交易损失不管金额为多少，都包含其中。在以实物支付的年份，根据物品原本的固定价值进行估算，而物品的采购则根据当时全省的市场价格。

运送稻米的费用

初步估计婺源县江南柴桑稻米产量为	899 石
浪费	89.9 石
江南稻米产量为	5597.3 石
粮食总产量为	6586.2 石
人工筛选、晾晒、运输费用	35.96 两
人工筛选、晾晒、运输费用	<u>183.5122 两</u>
合计总费用	<u>174.4811 两</u>

运送豌豆的费用

原先从婺源县运送去江南贡院阁的大麻籽，但现在改为运送 365 石黄豌豆，侍从的劳务费以及运送费用为 29 两 2 钱。

向国库运送钱财而产生的费用

婺源县总共支出的银两数为	157.2

官吏及侍从的俸禄费用

婺源县官吏的俸禄支出总共为		1432.376
上述费用包含了徽州府副县尉的俸禄		60
文员		20
2 位门上		12
8 位捕快		48
12 位随轿侍从		72
2 位打灯笼的侍从		12
7 名随轿的打伞、摇扇的侍从	42	266
县令俸禄		45
文员		20
2 位门上		12
16 位随轿侍从		96
8 匹警察巡逻马，包括饲料		134.4
50 位士兵		300
4 位打灯笼的侍从		24
8 位狱卒和刑吏		48
粮仓及监狱修缮费用		20
7 名随轿的打伞、摇扇侍从		42

4 名财务保管人员		24
4 名都骑	24	789.4
县丞俸禄		40
1 位门上		6
4 位随轿侍从		24
一位马倌	6	76
县丞俸禄		31.52
1 位门上		6
4 位随轿侍从		24
1 位马倌	6	67.52
指挥官及副指挥官俸禄		31.52
3 名抬鼎者		36
3 位门上		21.6
马饲料		6
熏香和蜡烛	7.776	102.896
		1301.816
上述合计		1301.816
稽察太仆寺俸禄		31.52
2 位随轿侍从		12
宏村祠稽察俸禄		31.52
2 位随轿侍从		12

大庸祠稽察俸禄　　　　　　　　　31. 52

2 位随轿侍从　　　　　　　　12　130. 56

　　　　　　　　　　　　　　　1432. 376

上交给巡抚作为其俸禄的费用

婺源县初步估计用于劳力的银两数为

　　　　　　　　　　　　　89. 978938732

上交给提督学政作为其俸禄的费用

婺源县初步估计的用于礼物等的银两数为

　　　　　　　　　　　　　　　15. 10492

该费用涉及的侍从的俸禄　　　　　　0. 7

合计为　　　　　　　　　　　　15. 80492

上交给度支司使作为其俸禄的费用

婺源县初步估计的银两数为　　　　53. 391

该费用涉及的侍从的俸禄为　　　　1. 135

合计为　　　　　　　　　　　　54. 526

上述费用包括了南宁考院的费用 49.8793 两，给在上苑和江宁两地参加科举考试的人员提供食物的费用 1.8467 两，侍从费用 1.1 两，内务府大臣出访的费用 1.367 两，为开平府禁军提供必需品的费用 1.9117 两，侍从费用 0.035 两。

上交给县令作为其俸禄的费用

婺源县初步估计的银两数为　　983.7541648
这里将列举构成该项费用的各种详细支出。

婺源县征收用于开支的费用

婺源县固定征收费用为 2188.36839 两。

其中包括，为迎接春耕而购买耕牛的费用 15 两；打赏 20 位秀才的费用 124 两；每两年资助每位贡生旗帜、石碑、酒等花费为 33.5 两，按年支付；负责科举考试的地方官员每季度为秀才们购买考试纸张与奖品的费用 30 两；提督学政为选拔人才而购买的奖品的费用以及为祝贺新秀才进入文官官署而购红布的费用，每年为 30 两；为会试举人购买酒及食物的费用，每年为 40.664 两；文官官员宴请乡试举人的费用为 43.575 两；购买孔庙、朱惟节和朱夫子及名士乡绅等所有圣贤的庙宇以及设立于城中山丘、小溪、陆地和粮仓的所有神坛春秋两季祭祀品的费用 139.9 两；村民举办宴会的费用，每两年为 8 两；朱子神庙的俸禄 3.6 两；两位书院门上，每人每年俸禄为 7.2 两；5 位打伞侍从的俸禄 36 两；12 位弓箭手俸禄 43.2 两；63 位步兵俸禄 453.6 两，闰月增加 15.12 两；新确定的驿站车马以及侍从俸禄，包括闰月加计费用，为 280.14 两（这一项容易忽略）；修缮太学及文官住处的费用 30 两；修缮城墙的费用 30 两；所有船夫的俸禄及食物费用 61.5 两；为庆祝举人中举而购买的牌匾、横幅的费用 79.3333 两，进士为 62 两；为贫苦人民储存粮食的费用 329.4 两，闰月增加 5.4 两；为贫苦人民购买衣物、薪柴、棺材的费用 145 两。

省治征收用于支出的费用，以及不计入总分类账户的各种花费

婺源县预计的应支付银两数为 171.658544 两。

其中包括廉惠地租的收入 88.6675 两，计入总分类账户。用于为穷苦人民提供衣物、燃料、棺材的余额 58.6675 两，该部分将用于慈善事业；剩余的费用为 112.991044 两，这一部分将上交给内务府大臣作为其开支费用。

在上述的费用估算中，有几点是值得说明的。第一，婺源县的全部征收数额为 34031 两，以及实物 6586 担稻米和 365 担豌豆。在征收数额中，包括了官吏的俸禄和其他一些花费，只有 31504 两上交给省治。第二，婺源县官吏的俸禄总共为 1432 两，或许事实上并非如此。因为，在婺源县这样一个广阔且富庶的地方的县令是不会满足于每年只有 60 两或 45 两俸禄的，所有的官吏都不会满足。而他们敛财的方式就是向底层官吏征收，或者向朝廷隐瞒耕地数量，或者向农民征收高于上交数额的税，抑或者对不需征税的物品征税。这里举一个例子：婺源县以盛产上等绿茶而闻名。但在婺源县公布并上交给朝廷的统计账户中，却对茶叶只字未提。根据这一记载，婺源县城以外的人是不可能买到一片茶叶的。但上海的英国商人很清楚地知道他们每年能从婺源县买到多少茶叶，而我也曾在港口打听到，每年茶商从该地区出口茶叶需上交的银两超过 2000 两。如果有人将此事上报朝廷，官吏们则会说婺源从不产茶叶。除此之外，中国的很多官僚会通过收受贿赂来敛财，进而影响诉讼程序。第三，官吏们表面上的低俸禄，让皇帝误以为整个朝廷上下都勤俭节约，所以他会认为惩罚官吏并克扣他们的俸禄将让他们无法生存。尽管事实上，所谓"低俸禄"只是他们实际收入的1‰。第四，很荒谬的是，无论是祭祀用品，还是赠送给文人的香火或牌匾都要记录在案，而这让朝廷认为各省将大部分费用花在了慈善物品之上，而事实上，与行贿受贿的数额相比，这部分费用简直微不足道。

第六章　旅程继续

在婺源附近，我与一位向导某晚寄宿当地，我听到了撕心裂肺的哭声。经询问，原来是家里的一位老妇人因为准女婿死了而大哭。由于这对年轻人还未成婚，而且那位年轻男子成为她的准女婿也不过几年，我觉得这样为一个本来与这个家庭没有多大关系的人伤心难过未免有些夸张。但随后有人告诉我，那位过世的年轻男子在很小的时候就来到了他们家里，在他们家中长大成人，将来要与家中和他同岁的女儿成婚。这位老妇人在过去的 20 年里照顾他，教育他，将他当作自己的亲儿子一样对待，自然会为他的过世而伤心。我问道，由于父母重男轻女，通常不都是女孩在婴儿的时候被送到别人家的吗，怎么会有男孩也在很小的时候就被送出去？之后一位村民告诉我，这其实是一场交易。为了方便，有两个儿子的家庭，和另一个有着两个年龄相当的女儿的家庭，互相交换儿子和女儿。这样一来，儿子就有了新娘，女儿就有了新郎。这是华南地区的普通人家很喜欢的一种做法。在生养女儿较多时，这是一种为他们寻找未来出路的很好的办法。但是，很少有人会考虑到，将来这些年轻人必须遵守这段"娃娃亲"，不管他们喜欢与否。我又问道，既然这样，为什么不早点让他们结婚。别人告诉我，那是因为筹备婚礼的钱始终不够，而家里人也不知道何时才具备成婚的条件。于是，中国的年轻人不仅在襁褓中就要订婚，而且要年复一年过着单身生活等待成婚时机，因为父母总说成婚的钱还不够。这简直愚蠢至极，虚荣至极。不仅如此，准新郎死了，与其订婚的新娘就只能默默等待愿意娶她的下一个人出现。所以，综上所述，那位老妇人的悲痛很大程度上或许是因为，多年来花费的心血都付之一炬了。

4月19日。在我的前一个向导抵达并且安排好他在婺源县的生意之后，我们便向浮梁县出发了。先前曾提到的道德塑造者就住在那里。我们一开始是步行，并雇了一两个挑夫来搬运我们的行李。开始的几英里路，我们都在一些小山丘中蜿蜒而行，一会儿在县城的北边，一会儿又在县城的西边。泥土的颜色比较浅，岩石上落满了新鲜的泥沙和石头。走在山里，你会发现，只要是地势较低的或者平整的土地，中国人就能种植水稻。这对他们来说似乎是最为重要的。而在一些狭长的地带则种满了茶树。在距婺源县 10 英里的地方，我们来到了一座叫做吴坑山的地方。山脚下有一个小村庄，我们在那儿歇脚喝茶。尽管上坡路有些陡峭，但山上的风景美不胜收，令人感到心情愉悦，我们也能俯瞰村庄的景色。在前往山顶的途中，我们很想停下来休息，而山腰一间小卖部正好给了我们这样的机会。半山腰种的全是大麦和矮灌木。灌木丛很规整，让我误以为是茶树。在山顶上，我们俯瞰了整个村庄的景色。山的另一面则是沟壑纵横，种满了庄稼。然而，我们的兴致很快就被一阵倾盆大雨给浇灭了。被迫无奈，我们撑起雨伞，穿上木屐，手上和脚上的负担都加重了。在下山的途中，我们发现茶树越来越多，村庄也越来越多。道路的平坦以及构建良好的棚屋都告诉我们这个地方的富庶，村民们对过往旅客也十分热情。在行走了大约 40 里之后，我们来到了一

个村庄。我们浑身都湿透了，又累又饿，所以我们
打算在这儿借宿过夜。

很快，我们在路边看见了一间简陋的旅馆，店
主答应为我们提供住宿。我们走了进去，坐下来要
了一些茶水。我们走进的是这间房子的堂屋，大概
有 10 平方英尺。男主人因为我们的到来吵醒了他而
有些不高兴。但他的妻子却很体贴，点燃了炉火，
并很快为我们倒上了热茶。在我们到达之前，有人
在这儿吃过饭，长凳、桌子摆得乱糟糟的，上面撒
了一些残羹剩饭，还有油渍和泥土，而女主人已经
懒得去将这些清理干净。她给我们的茶水相当难喝，
而且就装在为先前的客人盛过米饭和菜的盆子里，
着实令人恶心，所以我们都没有喝。但很快我们就
发现了更让我们恼火的事情，而且我们无从逃避。
在我们进入这家旅店之后，很快就来了另外一些客
人。第一个进来的是一位鸡贩子，他携带的装满小
鸡的鸡笼很快就占满了房间的一个角落，小鸡们叽
叽喳喳的叫声让人不能忍受；随后进来的是一对走
街串巷补锅的夫妇，带着补锅用的风箱、炉子以及
锅碗瓢盆，让本就狭窄的房间更显拥挤；再之后进
来的是与之前的人相比不那么令人尊敬的三位流浪

汉，他们四处闲逛，捡一些能为他们所用的东西。房客们的喧嚣声与吵闹声，对于我们这些浑身湿透且极为疲倦的人来说，着实有些讨厌。但由于担心会被抢劫，以及怕被这些人吵醒，我们没有办法，只能坐着忍受。晚餐很普通，米饭以及豆腐渣做成的汤，豆腐渣都沉在了底下，只有几片有些腐烂的芥菜叶漂在上面。在这种环境之下，我们很是期待夜幕的降临。女主人告诉我们床已经铺好，我们很高兴，以为终于能够休息了。然而，我们的烦恼才刚刚开始。我和我的向导以及挑夫住在楼上的房间，房间只有 6 平方英尺，也不是很高，就像一个盒子一样，而我们不得不在这里面住上一晚。房间有一扇门，我们关好了门，卸下了行李，躺了下来，希望能够平安无事地一觉睡到天亮。然而，事与愿违。就在我们关好灯，盖上被子准备睡觉时，蚊子却对我们展开了进攻。蚊子数不胜数，而我们也被咬得满身是包，我们知道这一夜要彻夜无眠了。然而住在我们隔壁房间的鸡贩子和补锅匠夫妇却舒服地一觉睡到天亮，或许他们早已习惯了这种环境。

4 月 20 日。离开令人不舒服的旅店，我们又启程了。呼吸着清新的空气，欣赏着美丽的自然风光，很快我们就把前一天晚上的不愉快抛到了脑后。今天我们爬的山脉中有座天堂山，果然它各方面都名不虚传。景色一望无际，肥沃的土壤给居住在这些闭塞地方的人们提供了谋生的便利。附近有座叫做船槽岭的山，因为山顶上五个凹槽而得名。这些凹槽由一些干燥的岩石组成。在这座山后是岩石峭壁，两侧被日山和月山包围。当地居民说，原先在这些山间的山谷里还有水，人们必须乘船。如今，水都干涸了，山谷也都种上了庄稼。在峭壁下面有个洞穴，当地人告诉我，这个洞穴与江西的鄱阳湖相连。从洞穴里挖出的石灰石，能给当地居民带来比种地还要多的收益。在翻过这几座大山之后，傍晚时分我们到了一个叫项村司的地方。我们在那儿的一间旅店里度过了一夜，而这家旅店要比先前那家好一些。

　　4月21日。我们继续我们的旅程，依然是爬山。今天爬的山叫做风炉岭，山顶上各种奇峰异石，还有很多小水塘交错其间，当地人常用它们来灌溉农田。在这座山旁边，还有一座三灵山，相传在晋朝时，有三位道士在此得道而得名。在我们今天所爬的山里有一座山让我印象深刻，因为它一面是光秃秃的，另一面则树木茂盛。我猜想光秃秃的那一面或许是承包给了木材商，所以在承包期到期之前他将所有的草木都砍掉了。我们在下山的途中发现，另一面不仅树木茂盛，而且整个下半坡上都种满了茶树。在山脚下，有一个小山村，在村里一家旅馆里我们停下来歇脚，也顺便吃点儿东西。但旅店里除了一些冷饭，什么都没有，味道还很差，让我难以下咽。而我的一位向导发现，旅店里有一个人一直用一种极其谨慎的眼光盯着我，于是我们匆匆离开，继续我们的旅程。

　　接下来，我们穿过了一条风景秀丽的山谷，谷底有一条湍急的溪流。白色的浪花与河岸边黑色的岩石交相辉映，美不胜收。小溪由此向西南方流去，汇入婺河，并最终融入鄱阳湖。我们翻过了浇岭，又来到了潽（浚）源山。这座山因为先前提到过的那条溪流而闻名。这座山有 3000 多英尺高，并且处于婺源县与浮梁县的交界地带。据说在宋朝时，这座山里常常有金色的野鸡出没，所以这座山又叫做金鸡山。上山的路途中充满艰辛，但当我们登上山顶，我们发现一切的辛苦都是值得的。我们可以一览江西浮梁县的美丽景色，广袤的稻田间，散布着众多的茶园，一直延伸到视线的尽头，在落日的映照下闪闪发光。

下山的路很轻松而且令人愉悦，但下山后的20里路都崎岖不平。终于我们到达了向导的一个朋友的住处，我累极了，很开心能够早点儿找到一个地方休息一下。由于许久未见面，这些朋友们都很热情，而这与我先前那个向导回家时，他的家里人所表现出来的冷淡与漠不关心，形成了鲜明的对比。无疑，这些朋友之间所表现出来的情感似乎比家人之间的情感更为浓烈，似乎中国人一般都不乐于表达他们对家人的内心感受，而在与朋友的交往中，他们往往展现得更为礼貌与热情。我虽然很累，但并没有虚度那个夜晚，我与前面曾提到过的教养院来的几个朋友聊了很久。我们谈论了宗教信仰、神的存在以及世界的轮回，最后还谈论了那些相信真理的人所拥有的内心平静以及幸福未来。其中一位朋友的言论令我印象深刻。他不顾别人的反对，十分坚持自己的想法。直到那时，我的向导才觉得他的意图有些可疑。在一天的长途跋涉和长谈以后，我终于说该睡觉了。他们给我安排了舒适的房间和床铺，这是我这么多天来住得最好的一次。

4月22日。早上醒来的时候，因为痛风，我的一只脚疼得厉害，很明显是因为这么多天住得不好导致的。痛风是一种不能操之过急的疾病，需要耐心对待，直到好为止。治疗痛风的药很少，但是很幸运，我恰好带了。

4月23日至28日。这些天，我一直都住在我向导朋友的家。他为人善良体贴，他很高兴家里来了一位外国人，问了我一大堆问题，包括我的国家离中国有多远、统治范围、人口数量、国民素质、宗教信仰、文化礼仪以及风俗习惯等。我与他谈论最多的就是有关宗教和改革的话题。他们主要就是传播儒家思想，在他们看来，儒家思想的最大优点在于还未受到宋代思想家无神论观点的影响，其主要目的是推行仁政。儒家思想提倡自我反省，战胜邪恶，不断提高警惕，反省自身错误，以及坦白自己的疑问，这些都是完全正确的。但是当人们产生某种罪恶感时，在儒家思想里却没有关于赎罪的观点。同时，人们对于过世的父母和祖先也极为尊敬，希望能向他们祈祷来获得健康和祝福。让他们分清对于父母的尊敬以及对于造物主的崇拜之间的区别是很难的。在汉语里，尊敬一词可以用于所有礼仪场合。对于中国人来说，告诉他们不用在父母和兄弟姐妹们面前注意举止似乎是很奇怪的。由于这些内容对于熟知中国文化的人来说并不稀奇，而且其他人也并不感兴趣，所以我们不再讨论这个话题。夜深人静时，我听见他在虔诚地祈祷，值得一提的是，从后面的结果来看，他的祈祷并没有白费。

住在这里得空的时候，我就会抓住机会撰写有关基督教的简要概述，主要是给这个学校一位年长的老师，他身体不好无法来探望我。这个手稿 30 多页，随后也被印刷了出来，且在整个省所有地方流通。

我住在向导的朋友家里时，发生了一件事情，让大家十分担心我的安全。我在桌边坐了一会，和其他人聊了会儿天，就站起来回到了自己休息的房间。几分钟之后，我注意到我的向导走了进来，手里拿着我的辫子。我坐在椅子上的时候，它掉了下来，所以就自然地被我落下了。我的向导手里拿着我的长辫子，看起来十分焦虑，弄得我都禁不住同情起他来。他说他被吓坏了，刚回过神，因为我们之前在路上的时候，辫子松散了，如果我们将辫子落在了旅馆或茶馆里，我们的秘密自然也就守不住了。这一点对我的向导来说似乎更不利，因为这证明他犯了把外国人带进本国的罪，他可能会因此被捕入狱，一生尽毁。但是，让他感到幸运的是，这件事发生在朋友的家里，后果不会那么严重。他解开了那个辫子的发结，然后用绳子系在了我的发结上。因为害怕类似的事情还会发生，他把发结系得更加牢固了，这也给我带来了很多不便。这是一种负担。当然这也告诉我们以后要更加小心，因为如果下次在公共场合再发生这种事故，那后果将不堪设想。

还有一次，我坐在前面的房间，一个陌生人走了进来，也没有打招呼，就直接坐下来，然后开始和我攀谈。我马上就意识到他是个算命先生，他假装根据人的长相就可以看出其以后的命运。过了一会，我看出他在打量我，而对我来说，在当时的那种情况下，我经不住那么近的审视。

返程的路

　　参加完在江西必须出席的一些活动后，我开始考虑往回走。而我们讨论最多的问题就是，选择哪一条路线最好。有人提出一条路线是先向南走，再往东走，也就是要穿过很多小山到达开化，然后沿着衢河去到衢州，再顺着衢河的河道去到严州和杭州，最后到达上海。然而，我的同伴不同意这条路线，主要是因为通过杭州的海关很困难，而且十分麻烦。据说，那里的工作人员是最让人讨厌的，他们不放过任何一件游客的行李，而且会仔细审查每件看似可疑的物品。这样的话，他们发现我们秘密的风险就很大，会给我们带来很多的不便。为了避开他们，我们没有选择这条路线。另外一条路线是一直向北走到扬子江，我们就可以轻松地沿江向前，之后到达南京、苏州，而从那里我们可以很快到达上海。这条路线上也有很多海关局，但是那里的工作人员完全不像杭州海关的工作人员那样讨厌，游客也不害怕他们。杭州海关的坏名声在全国已经传开了。因此我们选择了第二条路线。

4月29日。我们对那位十分友善的主人表示了感谢，他一路上一直陪着我们。当天下午我们向鹅蛋镇出发，向导的哥哥住在那里，我们在他的店铺里过夜，店铺里原来有很多人做买卖：食品杂货商、屠夫、染匠和豆酱商等等。这样品类繁多的买卖按道理说应该可以产生一些收益，但由于开支过度或管理不善，繁荣一时的商业现在却出现了颓势。这里主要的顾客就是老鼠了，但它们总是在晚上而不是在白天才出现，这一点让我很恼火，因为我去过他们的一个柜台，而店铺的管家却没有注意到我这个顾客。后来我在上海碰到他，我问到他这件事情，他却一再地强调他从未有过那份荣幸见过我，这让站在一旁的知情人士忍俊不禁。

4月30日。我们雇了几台轿子和一个苦力帮我们搬行李，当天早上我们就沿着返回的路线向北出发。走了几公里之后，我们穿过一条河，这条河通向景德镇，中国陶瓷的发源地。那里有两三百个熔炉，一直在不停地烧，还雇用了几十万工人。然而我必须与我的向导保持统一战线，也就是必须保证我们的安全，要不然我本可以利用这个机会到这个国家最重要的生产中心之一去看看。我的好奇心让向导忧心忡忡，最后我觉得最好还是继续往前走。

在穿过我们刚刚提及的那条河流之后，我们开始攀爬著名的高岭山，我们爬上了最高的部分，这时工人们盯着我们看，却没有任何抱怨，我们才意识到他们的担子还挺重的。不幸的是，我们走的这条路离采石场不是很近，路上撒满了肉色石和石英的碎片，我们还经常看到有人扛着十分沉重的石头到河流对岸去。到达那里后，他们或者把石头击碎，或者把它们运到贸易的地点。我们走过很多条十分危险的路，有的就在悬崖边上，有的是走着走着突然出现一个很深的峡谷，脚下一滑就可能让所有人跌入下面的万丈深渊。但是，工人们却走得十分稳当，要穿过很深的沟谷时，为了不让我们掉下去，他们一边一个人抬着轿子。感谢上帝，一切平安。

从山上下来之后，我们穿过了渭河的两条支流。渭河是一条十分宽阔的河流，途经这里时是西南流向。这些河流上的交通流量十分大，装有稀土和矿石的船只顺流而下，而那些载有粮食和生活必备品的工匠们却走得很费力，速度也很慢。穿过这条河时，我们坐了免费的渡船。在河边有人告诉我们，这一地区的慈善人士会定期交钱，目的就是为了帮助游客渡河。渡船和船夫的报酬都来自这笔善款，所以乘客不用花一分钱。按照人的本性来说，人们可能会觉得船夫在没有人监督的情况下会对他的工作漠不关心，只是徒有其名，但事实并非如此。有一位老船夫，在他的工作岗位上，从早到晚随时准备着划桨载人，每次把乘客送到岸后，他都会十分友好地送别他们，然后返回去载等待过河的下一批乘客。这就是善行，不仅仅在理论上存在，更存在于实际生活中。

高岭土地区

在渭水河北边的一个村子，我们找了家旅馆，花钱在那里投宿。我们有充分的理由相信我们正身处于一个十分繁忙富裕的国家。随处可以看到运转的水车，听到木槌的敲打声，水车的轮子在转动，水也跟着在不停地流动。关于景德镇的论述，我们读到下面的文字，其中一部分是由马礼逊博士翻译的："人们为了制成白不子，在溪流上建造水碓，溪流拍打在水碓上。在反复击打石头之后，他们将白不子清洗干净，再用模子把它制成砖头的形状，人们称之为白不。黄不块大而硬，而白不块相对来说较松细。目前，要属寿溪坞造的不子质量最好，所有到市场上进行交易的商贩都说他们的不子是寿溪不。"

5月1日。今天早上我们继续行程，没过多久就来到了五岭山，就在刚刚提到的寿溪的上边。我们在这遇到了两个中国的猎人，他们肩上扛着火绳枪，旁边跟着两条狗。他们一直向前走，看看自己能打到什么猎物。他们精力充沛，气色很好，看起来对自己一天的打猎充满了期待，身旁的两条狗也是如此。继续向前走，我们穿过了小比港，这是一条西南走向的溪流，流入位于浮梁市的渭水，然后河水穿过景德镇，最终注入鄱阳湖。此后，我们又路过了叫做摇岭的山脉和一个名为大惟铺的村庄。它位于江西的边缘地带，从那里继续向北出发，我们很快就到达了位于江南省的横头村。我们在一个比较体面的客栈住了一晚，客栈老板十分热情、客气，他非常愿意回答我们的问题，房间和饭菜都很干净、卫生。他说他所居住的城镇是最重要的城镇之一，它是江西省和江南省之间十分重要的贸易通道。这个城镇既不需要通行证，也没有设立海关，所以为了避开恼人的官员们，旅客更喜欢选择从这里走。客栈老板告诉我们，很多在江西生产的茶叶都是从这里运到山的对面去，因为要将这些茶叶沿着长江运送到在上海的外商手里，这个方向的茶叶运输因此变得越来越常见。

再进入江南省

5月2日。离开横头村后，我们来到了石门岭，很快我们就发现客栈老板所说的是真的，很多茶叶都朝着这个方向运送，我们随时都会看到或遇到来来往往的商人在购买并运送茶叶。开始我还不知道茶叶刚采下晒干就被运送到茶叶商手里。但有一次我们路过一家茶馆，看到很多商贩和搬运工都在那里休息，路边摆放了一排白色的布袋子，里边装满了东西。本来我以为里边装着某种烹饪用的蔬菜，特意晒干了储备冬天用的，但在询问之后，我才知道那里边都是新采摘的茶叶，晒干之后茶商从村民那里买来的，然后这些茶叶可能被运到某些工厂，在那里茶叶被炒熟之后再运到市场上。经过这一整个流程之后，人们把茶叶用篮子、桶或盒子包装起来出售。

　　穿过石门岭之后，我们来到一个叫做石门街的小村子。休息一段时间后，我们来到了桃墅岭山，路都在群山之间，非常陡峭。一路的景色一直在变化着，刚刚路过高山峡谷，岩石和山谷映入眼帘。最后，我们发现这些溪流都是向北流淌的，然后我们开始沿着江南省的平原往下走，这些平原紧挨着扬子江。这些溪流汇集到一起，很快就注入一条叫做前河的河流。沿着这条河，我们继续着行程，发现视野变得开阔起来，周围都是耕种好的农田和风景如画的村庄。刚到这里，我就被茶树种植的景象震惊到。这里大多数的小山上都种满了一排排茶树，看起来很漂亮。现在正值春季，可以看到到处都是男人、女人和孩子在农田里采摘茶叶，一派生机勃勃的景象。

到达尧城

　　傍晚时分我们来到了尧城镇，这个镇子属于建德市，就在前河的对面。建德市隶属于池州，建于

明朝嘉靖四十五年（即 1566 年），当时的城墙高
18 英尺，宽 10 英尺，周长为 5 里。然而在 1628 年
左右，明朝日渐衰落，两个著名的强盗扰乱这一地
区，当时的行政长官劝说当地人民把城墙加高 4.5
英尺。

尧城是一个十分繁忙且人口密集的地方，这一
点从它连接了很多地方就可以推断出来。然而，当
地商铺里的物品大多数都产自本地，实际上外国物
品很难在这里大规模出现，因为几乎所有国家都更
偏爱自己本国的商品。外国商品的数量即使很多也
无法吸引本国每个城镇人们的兴趣。像往常一样，
一到这个镇子，我的向导就开始担忧起来，他坚持
要求我坐在轿子里，这也就意味着我被匆匆地抬过
大街，但事实上，为了让我观察观察街上景象，速
度并没有那么快。在市中心我们找了一个价格适中，
而且十分舒服的住处。客栈老板对我的外表表示怀
疑，我的同伴问他难道世界上所有人都该长得一样
吗，替我挡开了这个问题。当晚我们和一个船夫商
量，给他多少报酬才可以送我们到东流，那是扬子
江上的第一个城镇。

东流之行

5月3日。早上我们出发去船只停靠的地方，那里有几英里远。我们穿过街道、小桥，走到镇子外边，一路上人们都盯着我们看，但毫无疑问，他们怎么也没有想到他们会遇到外国人，而且似乎也没人怀疑我的身份。沿着河岸走了1英里左右，我们来到一个渡口，一群乞丐从这里经过。其中一个人背着一个年轻的女子，她应该是在婴儿时期就不幸地失去了双腿。其他乞丐要么背着自己的孩子，要么背着锅碗瓢盆，或是几件衣服，总之他们是我见过的最吵闹、最粗鲁的一群人。他们嘴里说着普通话，看起来对这条路十分熟悉，而且他们好像能从他们遇到的每个人的外表准确地猜出这些人的身份和职业。他们正评论着旁边的人，我的同伴跟我说我们最好还是赶快远离这些人。过了不久，船靠了岸，我们赶快上了船，那些一瘸一拐的人留在那里叽叽喳喳地说，可能他们已经习惯如此。

到达船的停靠地点时，我们发现我们雇的船是一艘宽大的轮船，比一般的运河船都要宽，能够抵挡住扬子江上常见的强风和巨浪。一切准备就绪，我们就起航出发了，沿河向东流驶去。一路上我们碰到了很多装着草和芦苇的船只，刚开始我以为那是给牲畜吃的草料，后来我才发现它们是修补用的材料，还适当地混合了一些泥土，用来巩固扬子江的河岸。我们还没走多远，就被岸上的一个人拦住了，他想搭我们的船去东流。船夫很想让那个人上来，因为这样他们可以多挣一些路费，但是我的同伴知道我们的情况特殊，我们碰到的陌生人越少越好，就不想那个人上来。然而，他的抗议没有用，船夫们还是让那个陌生人上了船。我的向导看到那个人很有礼貌，就过去和他说话，那个陌生人发现大家都在关注他，十分谨慎地说了自己的事。几天前，他用自己挣的钱买了一艘船，船上还装了一些货物，他和其他两个亲戚一起开船沿着扬子江出发，希望能靠这条船做买卖挣些钱。但是他们的船突然遇到了一场暴风雨，海浪把他的小船打翻了，他的货物都沉到了水里，两个同伴也丢了性命，他自己在水里挣扎了一会活了下来。说到这里的时候，他显得很激动。让我感到欣慰的是，船夫让他上来是想挣些路费，但听了他的故事，船夫们提出为这个陌生人捐款，他们每个人都拿出了一百块钱，我和我的同伴也给了一些，那个陌生人非常开心，也十分感激。我说这件事是想说中国人有时会向身受苦难的人表现出同情心，他们不会对遭受苦难的人视而不见。船夫让我相信在扬子江上这些不幸的例子绝非少数，当风刮得很大时，海浪会变得很高，在那种情况下行驶的小船便会遭受危险。

　　我们在晚上到达了东流市，这里以前是一个没有城墙的镇，但在明万历年初（即 1573 年），该地区的行政长官请求建一个周长为 3.5 里的城墙。50 年之后，建起来的城墙比原计划高 5 英尺，同时用土墙围了起来，里边是一个很深的沟渠。明末年间，战争不断，城墙受到了损坏，而到顺治六年（即 1649 年），城墙被修好了，还新建了 5 个大门，门上设置了角楼，从此这个镇变得比以前更强大。

安庆市

　　5 月 4 日。船夫们同意把我们送到更远的地方。我们早上就出发，离开东流，刚行驶没多长时间，就发现自己已经在宽阔的江面上，穿过的水流都是东北方向的。中国的这条大河，在这里大约有 1 英里宽，浪不时把我们的船吹得摇摇晃晃。扬子江上的船流量非常大，很多平底帆船都穿梭于此。我们的船刚开始还能和那些帆船保持一样的速度，但是北风越来越大的时候，这些帆船更能抵抗住水流冲击。我们在河流中心经过一个非常长的小岛，岛上有个满是石头，叫做哪吒矶的岛屿。之后我们到了安庆府，它是安徽省的省会城市。

由于金朝鞑靼人的腐败，安庆市建于宋嘉定十年（即 1217 年）。当时有 5 个城门，城墙的周长为 9 里。在元朝，该地区的将军将城墙的高度提高到 26 英尺，并在外边挖了一条三槽式切换氧化沟，将水导入扬子江。明朝将沟渠的深度加深至 10 英尺，并将城墙的内部砌上了光滑的地砖。之后的朝代也对城墙做了修补，并加筑了台阶，这样就可以爬到城墙上，周围修筑了一些小路，并在顶部修建了护墙。当今的朝廷也对洪水造成的损坏做了修补，所以城墙一直保存到现在。

沿着扬子江航行

5 月 5 日。我们继续航行，沿着扬子江顺流而下。刚开始风不算太大，但是到了傍晚时分，微风变成了飓风，迫使我们不得不在晚上的时候把船驶入一个小港湾。我们在那停了一天，没法动。暴风雨中的扬子江就像小海洋，很少有船敢冒险驶入。那些借着风航行的船只速度非常快，几乎是空橇在行驶，而我们船上的船夫耸耸肩，表示不得不等风小些再继续前行。当我们在港湾休息时，我听到其他船上两个船夫的吵闹声，听了一会明白了事情的缘由，原来其中一人叫另一个人"鬼子"，激怒了那个年轻人，所以他很生气。本来"鬼子"这个词是中国人用来粗野地称呼外国人的，当中国人把它用到自己同胞身上时，成为一种非常严重的辱骂，让人十分恼火。我们停靠的小港湾在池州的东北方向，我们之前路过那里没有进去。池州建于唐朝，大约是在公元 8 世纪，之前被强盗掠夺破坏，然后被修复了。元朝的时候，池州又遭到了损坏，当时这一地区已经不具备防御能力，但是在明朝得到了恢复，并将池州的城墙修到 23 英尺高，而且城墙很厚，周长达到 14280 英尺。为了民众的方便，当时建了 7 个城门。

5 月 7 日。今天早上我们继续往前走。随着我们不断向前行驶，河面开始变宽，但同时河水也变得更浅了，所以在很多地方我们可以看到湖底泛起的涟漪。我们经过了几个很大的木排，沿着河流慢慢地飘着。有些木排至少有 1 英里长，很宽也很高，所以很自然装了很多水。水流好像不足以让这些木排向前移动，所以木排的主人采用一种方法：让船在前面走，船上拴着固定锚，抛在前方不远的地方，然后借助绞盘，让船夫们用手拉着往前走。他们的速度很慢，却一直在移动。但这就需要雇用很多人，这些人排成一排，如同一条街一样。这条街上进行着各种交易买卖，就像是岸上的城镇一样。上边有理发师、裁缝、鞋匠、屠夫、糕点师、卖米的和卖酒的人。所有的人组成了一个移动的城镇，向着他们的目的地前行。一到南京或是镇江府，这些木排就被折断了，大运河穿过扬子江，然后这些木材被处理成更小的木排，或南或北，运到了需要它们的地方。

5月8日。今天我们路过了铜陵，一个地级行政区域，位于扬子江的右岸，隶属于池州。铜陵建立于明万历三年（即公元1575年），城墙周长为7000英尺，高达21英尺。我们没有在这里停留，继续向前走，走了一段时间后停下来过夜。

到达芜湖

5月9日。中午的时候我们到达了芜湖，它隶属于太平区。芜湖的城墙也建于万历年间，周长为5里，高30英尺。芜湖有海关，所有经过的船只都要到那里接受检查。要去海关接受检查，这让我的向导很焦虑，他问我身上有没有什么东西会让人怀疑我的身份，因为我们要接受搜身检查。他说他记得看过我手上带着一个本子，我总是用笔在上边写字，他想看看。他拿到手上之后发现，那是我的笔记本，我在上边记录了我们的所有行程，所有我们经过的地方，以及一路上发生的事。他说这个本子会让别人发现我们的计划，如果被发现我们都会有麻烦，所以必须毁了它。我早有准备，趁我们在一个地方停留了好几天的时候，我又把它抄写了一遍。那份抄写的本子在我的腰带上，我认为那是最安全的地方。后来证明我的向导的担心是多余的，因为我们的船达到芜湖后，海关官员到船头看了看，发现我们没有货物就让我们过去了。

我们在扬子江的另一边看到了这个城市的另一面，许多皇家的平底船装满了谷物，固定在那里，等待着潮汐起风，或是其他船只的到来，然后和它们一起向北航行。这些船从雷州出发，经过裕溪和其他邻近的地方，然后几天后就会朝着东北方向出发，向位于南京的大运河河口驶去。

离开芜湖后不久，我们到达了东梁山，在那里我们进入了一条支流，这条支流叫做水阳河，从东面流来，注入扬子江。这个地方有几个塔，能够帮助航行者确定扬子江的位置，还有一个闸门，位于支流之上，所有来往船只都要到这里接受检查，缴纳关税。由于之前的经历，我们不再感到担心害怕，因为只要给他们一些钱，我们的船就可以过去。

我们所经历的变化是非常大的，从非常宽阔湍急的河面变成一条很窄的水道，宽度还没到100码。之前看到的是高山和开阔的河面，它们的浩瀚无垠有时还会让我们迷失方向，现在眼前却是狭窄的河岸和非常低矮的村舍。

　　这片水域是宁国府的出口，和我们之前经过的河渡镇一样。为了不再次走回我们经过的山上，我们沿着这条河走了 10 公里，然后进入了另一条支流。我们十分庆幸，这条支流是西北走向的，很明显跟我们刚刚走的路线是相反的。继续航行几公里后，我们进入了另一条东南走向的河流，然后经过了薛镇。在傍晚时分我们到达了高淳，它隶属于江宁，离南京不到 100 里。高淳只有一面是用土城墙围护起来的，其他部分则靠河岸来作为天然的防卫，因为它的另一边就是淳河。

　　5 月 10 日。今天早上我们在考虑到底要不要出发，因为外面正刮着大风，而我们要穿过一个很宽阔的湖面，大浪加上暴风雨，船很容易被刮翻。这条湖叫做固城湖，实际的湖面比地图上显示出来的要宽很多。在一番深思熟虑之后，船夫们决定试一试。他们卖力摆渡，终于在下午的时候成功地穿过去了。到达定阜镇之后，船夫们说他们不能再载我们了，因为一个几公里长的狭长地带将水流通道阻隔开，隔断了东西两片水域。不仅两边水域的高度不同，而且穿过它们之间狭长地带的小运河高度也

不同，两条水流通道也被阻隔开。所以我们不得不
上岸，去到刚刚提到的那个十分繁忙的定阜镇，找
人带我们渡过那个狭长的通道。把货物从船上运送
到运河船上用了很多力气，人们都争先恐后去到其
他地方，势不可挡。

　　运载货物和乘客的运河船是那种很长的驳船，
容量很大。船的尾部有一个类似货仓的地方，乘客
们都待在那里。那个隔离舱大约 8 平方英尺，尽管
我的向导已经很明确地表示我们只能待在那里，但
里边还是挤了 12 个乘客。船夫称呼其中一个乘客为
少爷，而且对他十分尊敬，我们打听他的名字和级
别之后发现，他是高淳地区行政官员的儿子。这些
年轻人很贪婪，臭名昭著，没有继承他们父辈的文
学造诣，所以大家都想避开他们，而不是去奉承讨
好他们。尤其是那些有秘密的人，因为如果让别人
发现他们的秘密，发现秘密的人会获得很多好处，
但是他们却会面临很大的危险。但我们现在离得这
么近，不可能避开彼此。我的向导为了替我掩护，
就主动询问那个年轻官员的家族世系，这样就吸引
了他的注意力，他就不会怎么关注到我了。那天我
的脚疾犯了，一整天都疼得很厉害。向导发现我身

体不是很舒服，那天也没有再打扰我。我们到达东巴的时候天已经全黑了，于是就在这里找地方过夜，明天再找一艘船继续送我们。驳船船长直接把我们带到一个地方，很快就帮我们安排好了住宿，我们的晚饭也都准备好了，这让我们十分满意。然后我们让店主帮我们找一个船夫，这样明天我们就可以继续出发。店主很快找回来一个船夫，但他送我们到苏州的费用高得离谱。店主跟那个船夫说我们是他的朋友，我们的事就是他的事，希望船夫的要价能稍微便宜一点。虽然店主这样说，但船夫坚持表示他的要价是合理的也是必要的。船夫说价格之所以这么高，是因为他还得向官员们交纳一部分，因为每条船只挣到的收入都要交给他们一部分。为了不被扣留或被检查，他们不得不这样做。但是后来我才知道这些钱也进了热心促成交易的店主的口袋里。我们在这里拿到了一张通票，这样直到我们的行程结束都不会再受类似勒索了。

　　5 月 11 日。今天早上我们乘坐一艘又大又舒服的船出发了，6 个人推着我们向前走，虽然逆风，但我们还是能够向前航行。我们沿着一条叫做湄河的河流向前走，那条河不宽，但是河水很深，足以使像我们这样的大船在上面行驶。河岸两边有很多桑树，我们之前从未看过这么高这么茂盛的桑树，但是，可能由于季节的关系，它们只是看起来很高而已。当地居民正在忙着为桑蚕采摘叶子。他们站在梯子上采摘叶子，另一边放着支撑物，这样采摘者就可以往上爬，而且不会对桑树造成损伤。没过多长时间，我们就经过了广通镇、邓阜镇和社渚镇，这些地方都很富裕，居民的生活十分惬意。行驶一晚上之后，第二天早上我们到达溧阳市，在行政区划上隶属于江宁。早在南唐时期（公元924年），溧阳在外围建了一个4里长的土城墙，并修建了一条50英尺宽的沟渠，宋朝时城墙得到了扩建，元朝时期溧阳被列入地级行政区。明朝时，在原来土城墙的基础上修建了一个长达9000英尺的城墙，沟渠也在原来的基础上加深，同时又新建了城垛和半堡垒，在中国人看来，溧阳的防御能力得到了加强。

5月12日。今天早上我们继续我们的行程，路过了钟溪镇和湖埭镇，大约在中午的时候我们进入了大运河，河面上很多来来往往的轮船，繁忙的场景与我们之前经过的那些十分寂静的溪流形成了鲜明的对比。装有谷物的平底帆船在河面上向北行驶着，由于船的体积很大，每只船的行驶都需要很多人。更重要的是因为它属于皇帝，领航员似乎不能或者说不愿意快速前进，航行速度就像蜗牛一样慢。而那些私人船只，因为受个人冒险精神和利益的驱动，行驶的速度非常快。

　　河面上的喧闹声越来越大，我们发现我们进入了一个城市，这座城市就是无锡。这里的生产贸易很多，看起来很是繁华。无锡位于大运河上，同时地处苏州和常州之间，很多来自其他地方的人汇集于此，这里的贸易很自然地随之变得很繁荣。除此之外，这里的陶器和铸铁厂也很出名。在距离无锡两英里远的地方，我们看到河岸上的陶器店铺里有很多上釉的花盆和盘子，一排排地摆放着。大运河上有一个小岛，四周都被水环绕着，岛的面积不算小，岛上有很多罐子，数量之多足以供应整个国家使用。这里的铸铁厂也非常出名，里面生产各种各样的花瓶、鼎、塔，有些塔高达 20 英尺，由铁和青铜铸成，这说明无锡没有辜负它的盛名。因为大运河环绕着整个城市，而且它离太湖也非常近，这里的水上运输对于大宗货物来说非常方便。无锡的城墙修建于宋朝，状况很好，长达 11 里，高 20 英尺。

关于无锡名字的起源有很多种不同的说法。有种说法是，无锡旁边有一座山叫锡山，从名字可以看出，以前在这里可以挖到锡，但是随着锡矿的枯竭，附近的居民把山的名字改成无锡，无锡市的名字就因此而来。然而，当地的居民还有另一种奇怪的说法。以前这里的锡矿资源很丰富，因此涌入了很多其他地方的人来争夺锡矿，给当地带来了很大骚动，因此皇帝下达了禁令，同时为了阻止人们挖锡矿，皇帝下令把名字改成无锡，也就是没有锡的意思。

今天下午我们继续前行，晚上的时候我们到达离苏州几英里远的一个关口，到了那里我们发现通过运河的门已经关了，所以我们不得不在那里过夜。

5 月 13 日。一大早，我们的船连同其他几艘船只，一直在运河的门外等着，直到海关官员终于醒了，来检查过往的船只。我的向导自然感到非常恐惧，怕被发现什么，所以我们把所有物品摆放得井井有条，以防引起怀疑。大约 7 点的时候，海关官员马上就要过来，引起了船上一阵骚动。没过多久，一个官衔很多的海关官员来到我们的船上。他问我们有什么商品，我们说除了一箱衣服外没有别的东西。他要求看看那箱衣服，我们把箱子拿到了他面前，他打开箱子的盖子，一直翻到箱子底部。在没有发现什么特别的东西后，他环视了一下船舱，看看是否能在这里发现一些禁运的货物。他没注意到禁运的东西实际放在了他面前的衣服里，然后他就从船尾离开了，我们再也没见到他。没过多久大门打开了，在交了一些钱作为搬运费后，我们穿了过去，一路上没有受到其他阻碍。那个关口的名字叫做浒墅关。我们往西南方向去，驶向苏州。快要到达的时候，我们发现运河两岸有很多房子，前方的码头呈现出一片繁忙的景象。在穿过这个繁忙的郊区后，我们到达了苏州市。苏州的城墙不是很高，外表保存得也不如我们昨天刚离开的无锡的城墙好。但是苏州的地域更宽阔，如果在那里都盖房子，可以住 100 万人。然而城墙内的苏州，除了主要街道上，其他地方并没有很多房子，相反大部分都是田地和花园。这样来描述苏州是以偏概全的，这是一个值得具体看待的城市。我的向导一直坚持把我送到这么远的地方，之后再把我送到去上海的路上就离开了。我自己乘坐同一艘船继续往前直到达终点。我在苏州的城墙下慢慢地向前走，突然想到很多木材在大运河上浸泡着，或者在苏州外不同的贮木场被拉上河岸。那些停在那里的装有谷物的平底帆船引起了我的注意，这些沿着大运河两岸停泊的船只连绵不断，蜿蜒好几公里，仿佛一只舰队。其实这只是留下的一些船只，数量更多的船只已经朝北京行驶了。这些船只有的被完全拆卸了，其他的大部分受损也都非常严重，因为它们的上层都被拆开当作燃料烧了，还有很多部分沉入了水里，只剩下甲板浮出水面上。

沿着城市的北边向前行驶，我们到达了位于东边的城门，它离城市的东北角很近。在这里我们发现了一条通向昆山、东西走向的水道。我们沿着它继续往前走，很快就离开了苏州。这条水道很宽也很深，它的路线就像是一件艺术作品。装有谷物的平底帆船也沿着这个方向向前走，它们从上海出发，离开昆山后，它们一路上经过了吴淞江、泖湖、淀山湖、金鸿湖和沙湖。天色渐晚，我们到达昆山，就停在那里过夜。昆山一共有两个城镇。昆山的城墙据说长12里，宽28英尺。昆山市北部是一座山，山上有塔，在塔上可以看到南北走向的长廊，从那里可以看到常熟山，从外表来看它至少高1500英尺。整个城市朝向南方，还可以看到它附近的湖以及宁波的山。然而，作为一个在上海的欧洲人，我在这里就不对它做详细地描述了。

5月14日。我们继续向前行驶，没有遇到值得特别记述的事情，9点左右我们到达上海附近的苏州桥，在那里我让两个船夫帮我拿行李，他们1个小时后到达我住的地方，因为他们会帮我存放行李，我就放下行李，然后安静地走了进去。那些一路上我遇到的人并不知道我到底是谁，而且除非我现在选择告诉他们，否则他们做梦也不会知道我来自哪里。

译后记

　　《丝绸与绿茶之乡见闻》（*A Glance at the Interior of China Obtained during a Journey through the Silk and Green Tea Districts*，又译为《中国内地一瞥，写在丝绸乡和茶乡游历途中》，见《1867 年以前来华基督教传教士列传及著作目录》麦都思条第 45 页）系著名汉学家麦都思（Walter Henry Medhurst）于 1845 年 3 月 27 日至 5 月 14 日在中国江南丝绸与绿茶之乡的旅行记。麦都思一行从吴淞口出发，沿途经过湖州、广德州、宁国县城、绩溪城、徽州城、屯溪镇、婺源等城镇村庄及河流湖泊山脉丘陵，对沿途各地的经济文化和风土人情进行考察。该旅行记最初刊登在《中国杂记》（*The Chinese Miscellany*）期刊，后结集成册出版，是近代翻译学和汉学研究的珍贵史料，亦是读者了解当时在华外国人活动及中

西文化交流的可读性作品。

　　本书的翻译和出版工作是教研团队智慧的结晶。译者在翻译与汉学的教研中策划和组织翻译该著述，部分初译稿由翻译学院 2015 级与 2016 级硕士研究生完成。译者经过 3 年的翻译、校译和查证，完成此稿。乔飞博士积极参与该译著的翻译和校译工作，王红波女士在校译过程中查证译稿中"难啃"的专有名词，给予有力支持。对她们的热心帮助和辛勤付出表示衷心的感谢！

　　在这里，译者要特别感谢中央编译出版社编辑。从书稿的策划编校，到诸多细节和遗留问题的查证与解决，再到出版过程的各环节，他们一直默默打造和润色这部书稿。厚重的校译稿中密密麻麻的圈点符号和改写字迹，凝结着这些"幕后"劳动者的汗水和智慧，向他们致以真诚的感谢！

广东外语外贸大学　王海

2023 年 12 月 18 日